AF435375

Un Fils inattendu

et autres nouvelles
de science-fiction et fantasy

Un Fils inattendu

et autres nouvelles
de science-fiction et fantasy

Jérémie Lebrunet

Autoédition

ISBN 979-10-92703-36-8
© Jérémie Lebrunet 2017

Sommaire

PARTIE 1

NOUVELLES DE SCIENCE-FICTION

Alice
et le Crédit solidaire

Partie 1

Alice Ardois se gara dans une rue adjacente à l'avenue où siégeait Eco-War, l'ONG pour laquelle elle travaillait. Son sac à main sous le bras, elle sortit de sa voiture et la verrouilla. La jeune femme resserra les pans de son trench pour faire face au vent automnal qui soufflait sur la capitale.

Après avoir remonté la rue sur une dizaine de mètres, elle s'arrêta net et siffla de mépris : un énorme 4x4 noir était stationné de travers, monté sur le trottoir, le nez dépassant sur la chaussée.

— Il y en a qui se croient vraiment tout permis !

Elle hésita. Depuis deux semaines, elle s'interdisait d'écrire avec ses clés à même la carrosserie, suite à des démêlés avec un propriétaire furieux. Elle opta pour un vieux ticket de caisse trouvé dans son sac, au dos duquel elle griffonna :

Tu rendrais service à tout le monde si tu apprenais à faire les créneaux. Et troque ton usine à pollution contre une voiture à énergie solaire, tes enfants et petits-enfants te remercieront. :-) PS : si je te revois mal garé, je te raye !

Satisfaite, elle glissa le papier sous l'essuie-glace du véhicule, puis reprit sa marche vers les bureaux d'Eco-War en imaginant des messages caustiques à graver sur la tôle du 4x4 s'il récidivait. La semaine commençait bien. La jeune femme se sentait d'humeur joyeuse, de celle où l'on redresse les torts, où l'on rend le monde plus droit.

Pour parfaire le tableau, il manquait juste Chris, son mari journaliste parti quelques jours en Bulgarie pour tirer les vers du nez d'une source potentielle. Un certain Gerovič, un politicien corrompu dans une affaire de lobbying. On cherchait manifestement à appuyer la demande maintes fois renouvelée de la Russie de lever le statut de réserve protégeant l'Antarctique. L'enjeu : les richesses du sous-sol, convoitées par des compagnies minières telles que la Barner Mineral Resources. L'ONG menait une campagne d'information sur le sujet depuis des mois. Les investigations de Chris, fer de lance de l'équipe, s'avéreraient capitales pour empêcher un désastre.

Alice et son mari s'étaient rencontrés chez Eco-War, un an et demi auparavant. Un vrai coup de foudre. Ses études en communication fraîchement finies, Alice n'était alors qu'une stagiaire admirative de Chris et des photographies qu'il avait ramenées de Sierra Leone sur les conséquences sociales et écologiques du trafic de diamants. Travailleurs miséreux et enfants malades, villages détruits et familles expulsées, cours d'eau et terres pollués... Chris et l'un de ses amis d'Amnesty

International soupçonnaient une banque française, le Crédit solidaire, d'investir l'argent de ses clients dans le commerce de pierres, en Sierra Leone mais aussi au Mozambique. Les truands devaient ensuite blanchir les revenus générés via des entreprises parfaitement légales – exploitation minière, industries chimiques et pharmaceutiques, etc.

En dépit de l'aide fournie par un cadre travaillant chez The Earth Fund, une banque concurrente, Chris et son ami n'avaient pas réussi à établir de liens entre les différents maillons du trafic, ni à estimer les sommes transférées. Cette affaire de diamants impliquait au moins deux hauts dirigeants du Crédit solidaire, dont le PDG, Hector Aynard, qui provenait du secteur pétrochimique. Eco-War avait publié les photographies sur son site internet, assorties d'un article lapidaire de Chris.

Quelques semaines après cette parution, celui qui était devenu le mari d'Alice au début de l'été 2026 recevait un coup de fil anonyme. On le menaçait de mort s'il poursuivait ses investigations. À l'évidence, les dirigeants du Crédit solidaire n'appréciaient guère les fouineurs. Pour évacuer les inquiétudes de sa jeune épouse, Chris avait conclu : « Manquerait plus qu'ils m'empêchent de faire mon travail ! Ces gars ont juste la trouille, ne t'en fais pas… »

Les portes coulissantes du bâtiment s'ouvrirent devant Alice. Elle salua Marta, la secrétaire d'accueil, toujours en place derrière son comptoir avant l'heure d'ouverture officielle. Cette dernière année, l'ONG avait pratiquement doublé son nombre d'adhérents, principalement grâce au buzz créé par les photos de Chris. Cela avait permis d'embaucher du personnel. Alice elle-même avait vu les deux courts contrats succédant à son stage se convertir en CDI, une récompense de son implication. Elle était désormais responsable des campagnes internet de communication.

Le travail lui plaisait, l'équipe d'Eco-War aussi, et elle s'entendait particulièrement bien avec Déborah, la graphiste qui partageait son bureau. Jeudi, dans trois jours, Alice fêterait son vingt-sixième anniversaire. Chris rentrerait peut-être le week-end prochain. La jeune femme projetait d'inviter pour l'occasion sa collègue et son nouveau chéri. Un certain Alberto, ou Ernesto, ça changeait souvent…

Alice emprunta les escaliers jusqu'au premier étage, puis s'engagea dans le couloir, longeant les cloisons en verre dépoli de la salle de réunion où quelques matinaux préparaient déjà le briefing du lundi matin. À travers la paroi, des éclats de voix intenses filtraient. Consternation, indignation. « La routine, pensa la jeune femme. Quand on voit la gravité des problèmes environnementaux et la cupidité de nos dirigeants… »

Une fois dans son bureau, elle alluma l'ordinateur et, pendant que l'appareil démarrait, alla dans la pièce voisine ranger le Tupperware qu'elle avait sorti de son sac à main. Au vu des étages vides du frigo du personnel, aucun autre employé n'était encore arrivé. Personne avec qui bavarder en prenant une boisson à la machine à café. « Tant pis », se dit-elle.

De retour dans son bureau, l'ordinateur était opérationnel. Alice commença à consulter les actualités. Elle recoupait les informations de plusieurs articles consacrés aux problèmes de prise en charge des réfugiés climatiques des Philippines, quand on attira son attention en frappant à la porte restée grande ouverte. C'était le grand patron. Il arborait un air sombre :

— Bonjour Alice, c'est bien que tu sois déjà là. Je peux te voir en salle de réunion, s'il te plaît ?

— Bonjour, bien sûr Monsieur Pèlerin. Mais le plan de comm' sur l'Antarctique pour 2028 n'est pas encore finalisé, je dois encore…

— Ce n'est pas à ce sujet, coupa-t-il. J'aimerais que tu viennes maintenant.

Avec appréhension, Alice le suivit jusqu'à la salle vitrée où trois autres personnes l'attendaient autour de la table : Nathalie la DRH, Nate le nouveau gestionnaire du parc informatique et Gaëtan, un militant de terrain, un vieux de la vieille à l'origine de la fondation de l'ONG. Le visage de ce dernier était défait, et les deux autres n'avaient pas meilleure mine. La DRH venait manifestement de pleurer.

La jeune femme prit un fauteuil.

— Alice, ce qu'on a à t'annoncer n'est pas facile à entendre, d'autant que nous n'avons aucune confirmation officielle.

« Quoi ? Des scientifiques leur ont annoncé la date où l'Antarctique aura fini de fondre ? » pensa-t-elle. Les quatre personnes se regardaient, embarrassées. C'est finalement Gaëtan qui se lança :

— Les flics nous ont appelés, tôt ce matin, pour relayer un appel de la police bulgare. La voiture de location de Chris a été retrouvée dans un fossé, incendiée. Il y avait un corps dedans, mais il n'est pas identifiable. Ils vont faire des analyses ADN pour savoir si c'est vraiment ton mari.

Alice fronça les sourcils, ferma les yeux une seconde, ouvrit la bouche pour protester, mais aucun mot ne sortit. Les paroles de Gaëtan s'insinuaient lentement dans son esprit. Un courant glacé qui paralysait son cerveau et lui fit bourdonner les oreilles. Horrifiée, elle s'agrippa aux accoudoirs du fauteuil tandis qu'elle se rappelait les menaces de mort.

— Ils l'ont… tué… ? articula-t-elle.

À travers les larmes qui s'échappaient de ses yeux, la jeune femme observa ses interlocuteurs : la DRH avait détourné la tête pour se tamponner les yeux, Gaëtan et Monsieur Pèlerin arboraient des visages graves, et Nate la scrutait d'un regard intense.

Malgré ses jambes tremblantes, Alice quitta la salle en courant.

*

— Oui, c'est bien sa montre… confirma Alice en reniflant.

L'inspecteur fit signe à son jeune collègue de ranger les photos étalées sur la table basse du salon, parmi lesquelles un cliché de l'objet, partiellement fondu mais reconnaissable, qu'elle lui avait offert pour Noël. Fort heureusement, on l'avait détaché du poignet de l'occupant de la voiture.

— Je suis navré de vous apporter de si tristes nouvelles, Madame Ardois, dit l'inspecteur. Il faudra vingt-quatre heures pour avoir le résultat de la comparaison ADN avec les cheveux que nous venons de prélever ici. Alors, nous pourrons peut-être confirmer l'identité de la victime de cet accident.

— Je vous répète que ce n'est pas un accident, c'est criminel !

La voix d'Alice se brisa, usée par une matinée de pleurs et de cris. Exténuée, elle se pencha vers la table basse pour attraper un mouchoir dans la boîte presque vide et se tamponna le coin des yeux. La pitié dans le regard que l'inspecteur posait sur elle l'irritait encore davantage que sa moue sceptique.

— J'ai bien pris note de votre opinion, Madame. Mais je suis désolé, nous utiliserons le mot accident tant qu'on n'aura pas la preuve qu'il y a quelque chose de criminel là-dedans. Une trace d'effraction, un témoin oculaire…

Du fond de son fauteuil, l'autre agent approuva de la tête. Ce dernier semblait embarrassé par la situation. Depuis qu'il avait rangé dans sa mallette un échantillon des cheveux de Chris, il évitait de regarder Alice, préférant fixer ses pieds, ses ongles ou les photos accrochées au mur du salon de l'appartement. Sur les tirages, le couple vivait des instants heureux. La jeune femme avait failli les décrocher, car elles ravivaient sa douleur à chaque fois qu'elle les voyait. Mais les faire disparaître aurait eu quelque chose de trop définitif.

— Mais enfin ! s'emporta-t-elle. Les preuves sont là, il n'y a qu'à se baisser pour les ramasser ! Vous êtes aveugles, sourds ou débiles ?

— Je vous prie de garder votre calme, s'il vous plaît, Madame. Nous sommes là pour vous aider, mais un coffre vide dans votre chambre et des boîtes courriel inaccessibles ne constituent pas des preuves…

— Boîtes mail *et* espace de stockage en ligne piratés ! Et des dossiers sensibles ont disparu des tiroirs de son bureau chez Eco-War dans le week-end. On les a forcément volés !

— Mais là non plus, malgré vos dires, on n'a relevé aucune trace d'effraction au siège de votre ONG, rétorqua l'agent. Rien ne prouve le moindre vol, ou alors quelqu'un leur a ouvert la porte ? Quant à votre suspicion de sabotage pour la voiture, comme je vous l'ai dit, seule l'analyse de l'épave pourra l'attester. On doit attendre que l'expert bulgare nous livre ses résultats.

— C'est ça, attendez les bras croisés. Je parie qu'on ne retrouvera pas de trace de son ordi portable dans la voiture… Mais comme il n'y aura pas d'effraction, vous conclurez qu'il ne s'est rien passé !

Un silence gêné s'étira pendant de longues secondes. L'inspecteur allait reprendre la parole, mais Alice le devança :

— Et vous en faites quoi des menaces anonymes ?

— Comme vous le dites : elles étaient anonymes. Rien ne prouve qu'il y ait un lien, cela date d'il y a plus d'un an.

— Un an et deux mois, juste après notre mariage ! Demandez donc à l'opérateur de vous dire qui a appelé Chris… À l'époque, ils nous ont répondu que la communication était impossible à tracer. Vous ne trouvez pas ça bizarre ?

— Madame Ardois, je comprends votre douleur. Aussi, soyez assurée que…

— Oh vraiment, vous comprenez ? coupa Alice. Je crois que vous comprenez que dalle, sinon vous ne resteriez pas là à douter de tout ce que je vous raconte. Vous iriez arrêter les fumiers du Crédit solidaire, Hector Aynard et toute sa clique ! C'est eux qui ont fait ça, mais bien sûr, on ne lève pas le petit doigt contre eux, ils sont trop riches et trop puissants ! Maintenant, je n'ai plus rien à vous dire sur Chris, sortez de chez moi !

Le flic se leva, contrarié, suivi de son collègue qui faisait une tête d'enterrement et n'avait toujours pas ouvert la bouche. Alice les raccompagna jusqu'à la porte d'entrée. En serrant la main de la jeune femme, l'inspecteur conclut :

— Nous vous tiendrons informée des progrès de l'enquête.

— Seulement pour m'apprendre que vous avez coincé ces salauds et vous excuser !

Il lui sourit, navré, puis Alice referma la porte d'un geste rageur.

Elle retourna à petits pas dans son salon, le regard coulant sur les photos accrochées au mur. Chris et elle à son anniversaire ; un dîner avec Déborah et un de ses ex ; Chris avec son ami d'Amnesty International sous le soleil de la Sierra Leone…

La jeune femme se laissa tomber dans le fauteuil qu'occupait l'agent apathique quelques instants plus tôt. Posant la tête dans ses mains, elle pleura ; et les pleurs se transformèrent en violents sanglots.

Quand la crise fut passée, quand son corps eut cessé de trembler, Alice se redressa et attrapa un mouchoir sur la table basse. Son visage était trempé. Elle promena ses yeux encore une fois sur les cadres contenant son ancienne vie. Tout cela n'existait plus que dans son esprit et sur papier désormais.

Les larmes débordèrent de nouveau. Il ne fallait plus qu'elle voie ces photos, mais elle n'avait pas le cœur ni le courage de les décrocher. De toute façon, l'appartement tout entier ravivait son chagrin : chaque pièce était imprégnée de la présence de Chris, de leur année de vie commune depuis leur mariage.

Toutefois, le plus dérangeant était de se dire que des hommes mal intentionnés avaient pénétré par effraction chez elle, dans cette intimité, pour forcer le coffre où Chris rangeait ses documents sensibles sur l'Antarctique et sur ses précédents dossiers. Ainsi que les coordonnées de ses sources... Un vol catastrophique. Ces malfaiteurs étaient venus là, passant devant ces photos, sans scrupules. « Peut-être même se trouvaient-ils ici pendant que je laissais ce mot sur le pare-brise du 4x4... » pensa-t-elle.

Elle frissonna à la perspective que rien ne les empêchait de revenir. Dès ce soir.

— Je dois aller chez ma sœur, murmura-t-elle en se levant.

Pendant qu'elle rassemblait le strict nécessaire dans une valise, une idée germa en elle.

Alice alluma son ordinateur portable pour googliser un nom. Le seul nom mentionné par Chris dont elle se rappelait : « Stanimir Nikolov », un Bulgare qui travaillait à Sofia. Après quelques minutes à éplucher le Net, elle composa un numéro sur son téléphone fixe.

Deux longues sonneries, puis une voix lui répondit dans une langue incompréhensible :

— *Ministerstvoto na ekologiyata, dobro utro.*

— *Hello, I'm calling from France. Could I speak to Mister Nikolov, please?*

— *Yes, who is calling?*

— *My name is Alice Ardois.*

La secrétaire la mit en attente. Alice écouta de la musique classique pendant une bonne minute, triturant le cordon du combiné, avant qu'on la reprenne :

— *He is not available for now, he is going to call you back, good bye.*

Et la communication fut coupée. Alice resta figée avec le téléphone dans les mains, à se demander si la source de Chris ferait l'effort de rechercher son numéro dans le journal d'appel pour la recontacter. De rage, elle claqua le combiné sur sa base. L'appareil rebondit du meuble pour atterrir sur le carrelage.

Elle le ramassa et le porta à son oreille pour écouter la tonalité : le téléphone fonctionnait encore.

Elle appela sa sœur.

Partie 2

Alice franchit les portes coulissantes des locaux d'Eco-War. Derrière son comptoir d'accueil, Marta semblait ne pas avoir bougé depuis deux jours. Elle la dévisagea d'un air surpris avant de prendre une expression peinée.

— Bonjour Alice. Toutes mes condoléances, nous sommes tous très touchés par ce qui est arrivé à Chris…

Les policiers avaient dû communiquer aux responsables de l'ONG les conclusions de l'analyse ADN. Et maintenant, tout le monde avait la confirmation de ce qu'elle savait depuis la veille.

— Bonjour Marta. Merci.

Les gens ne pouvaient pas s'empêcher de la réconforter, là où les paroles d'amitié ne feraient jamais assez de bruit pour couvrir un cri sans fin. Il lui semblait que rien ni personne, pas même son amie Déborah, ne parviendrait à la repêcher dans la tristesse où elle se noyait depuis quarante-huit heures.

— Je suis surprise de te revoir déjà. J'ai peut-être mal compris, mais Monsieur Pèlerin m'a dit que tu avais pris deux semaines.

— C'est vrai. Eh bien, j'ai décidé de revenir plus tôt, parce que…

« Je ne supporte plus ma sœur et son mari » et « Je ne supporte plus de savoir ces pourritures en liberté alors que la police ne se bouge pas » furent les réponses qui se dessinèrent dans son esprit.

— … je ne supporte plus de rester toute seule chez moi à tourner en rond, conclut-elle avec un sourire forcé.

— Bien sûr. Parfois, il vaut mieux voir du monde pour se sentir entouré.

Alice hocha la tête, même si ce n'était pas vraiment ça qu'elle venait chercher aujourd'hui chez Eco-War.

— Dois-je prévenir Monsieur Pèlerin que tu es revenue ?

— Non merci, c'est inutile. Je passerai le voir dans son bureau tout à l'heure afin de lui dire que je reprends le travail.

Sur ces mots, elle prit congé pour se rendre au premier étage. Ce qui l'avait décidée à revenir, c'était la réponse reçue lors de sa énième tentative de joindre le Bulgare. La secrétaire lui avait clairement signifié que Monsieur Nikolov ne voulait pas lui parler et qu'elle ne devait plus jamais rappeler.

Alice ne voyait qu'une explication au mutisme de celui qui avait fourni à Chris une preuve que le Crédit solidaire avait graissé la patte de Monsieur Gerovič. Ce dernier avait été délégué de son pays à la quarante-septième Convention sur la Conservation de l'Antarctique et le serait de nouveau l'année suivante. Chris était parti en Bulgarie pour surveiller les activités de cet homme corrompu et vérifier l'existence de sa toute nouvelle villa avec vue sur la Mer Noire et sur le splendide cap Kaliakra. Il voulait ensuite aller le questionner, preuves à l'appui, pour obtenir une confession à rendre publique. Alice ne savait pas en quoi consistaient les documents compromettants produits par Nikolov, Chris avait juste précisé que l'intégrité avait guidé ses actes. Hélas, le Crédit solidaire avait dû trouver le nom du délateur dans les dossiers de son mari. Et, conformément à ses pratiques, la banque avait employé l'intimidation pour le museler.

Mais Alice ne comptait pas en rester là, à attendre les conclusions de l'analyse de l'épave. À défaut de pouvoir trouver elle-même des preuves permettant de faire comparaître Aynard en justice, elle allait tenter de reprendre les travaux de Chris. Faire éclater cette affaire de lobbying autour du statut de l'Antarctique nuirait à la banque de ce salaud.

Quand elle passa devant la salle de réunion où on lui avait annoncé l'indicible, Alice détourna la tête pour éviter de se remémorer la scène. Elle entra dans son bureau et salua Déborah. La graphiste écarquilla les yeux en pivotant sur sa chaise :

— Salut Alice. Déjà de retour ?

— Oui, fini pour toi de profiter seule de notre bureau.

— Oh, j'ai à peine eu le temps de m'étaler, dit Déborah en riant avant de redevenir sérieuse. Hier, ça n'allait pourtant pas fort quand je suis passée chez ta sœur. Tu es sûre que ça va, ma chérie ?

— Arrêtez de tous me demander ça… Non, ça ne va pas, mais je ne veux pas rester dans mon appartement et je ne peux pas subir une journée de plus chez ma sœur ! Tu sais, elle a passé la soirée de lundi et toute la journée d'hier à essayer de me consoler et à me faire la morale. Comme si j'étais une ado attardée avec le même âge mental que ma nièce !

— Te faire la morale, mais pourquoi ?

Alice posa son sac sur l'accoudoir de son fauteuil et son manteau sur le dossier.

— Oooh… fit-elle avec la lèvre tremblante. Elle estime que… je n'aurais pas dû prendre à la légère le coup de fil de menaces que Chris a reçu… que je n'aurais pas dû me lier à quelqu'un d'aussi inconscient… que je devrais m'estimer heureuse qu'on ne m'ait rien fait…

La jeune femme se laissa tomber dans son fauteuil, devant son bureau. Déborah la regardait, outrée :

— Ah ouais, elle est quand même top niveau, ta sœur !

— Elle me bassine aussi en me répétant que je n'aurais pas dû recontacter une des sources de Chris…

— Une de ses sources, mais pourquoi tu as fait ça ?

— Comme tous ses dossiers ont disparu, je voulais reprendre son investigation moi-même, mais… (Alice ravala un sanglot.) Mais ce type ne veut plus me parler, il doit avoir peur. Et sans éléments concrets, je ne pourrai pas forcer Gerovič à parler des sommes que le Crédit solidaire lui…

— Non mais Alice, ma chérie, tu arrêtes ça direct ! Stop ! Ce n'est pas à toi de reprendre l'enquête de ton mari ou d'aller voir ce type en Bulgarie, c'est à l'équipe de la campagne Antarctique. S'il a touché des pots-de-vin pour influencer le vote des autres délégués, ils en trouveront la trace. Toi, tu es sous le choc, et c'est bien normal. Regarde : tu es au bord des larmes. Tu ferais mieux de rentrer te reposer. (Elle fouilla dans son sac à main et en extirpa des clés qu'elle tendit par-dessus le bureau, mais Alice n'esquissa aucun geste dans leur direction.) Va chez moi aujourd'hui si ta sœur te gonfle. Alberto comprendra. Et comme ça, on aura le temps de réfléchir à ce qu'on peut faire pour ton anniversaire ce week-end. Ça te va ?

Avec sa manche, Alice essuya les larmes qui perlaient au coin de ses yeux. Elle approuva de la tête. Cette solution lui permettrait de souffler, même si elle n'avait pas le cœur à fêter ses vingt-six ans en de telles circonstances. Déborah était vraiment une chic fille.

— Allez, tu remets ton manteau et tu vas chez moi ! Pas de discussion.

La graphiste se leva pour lui mettre d'autorité le trousseau de clés dans la main, le manteau sur le dos, le sac sur le bras, puis, d'une main sur l'épaule, elle contraignit Alice à se mettre debout, avant de la pousser vers la sortie gentiment, mais avec fermeté.

— Attends, je voudrais juste boire un petit café avant de partir, dire bonjour aux collègues, prendre un peu la température pour la campagne Antarctique…

Déborah soupira, elle ne pouvait décemment pas mettre son amie dehors comme ça…

— Bon d'accord. Cinq minutes, alors. Mais tu ne commences pas à leur demander où ils en sont ou à leur dire ce qu'ils devraient faire, hein ? Fais-leur confiance.

Alice rit faiblement :

— Tu me connais bien…

— Normal, vu le temps qu'on passe ensemble dans ce bocal trop petit pour deux surdouées hyper-canons !

Alice sourit à la blague de son amie. Mais son visage redevint grave dès qu'elle associa l'idée d'être canon avec les compliments de Chris. Toutefois, elle se garda bien de s'en ouvrir à Déborah qui tendait la joue pour lui faire la bise.

*

À la machine à café, six collègues discutaient, gobelet à la main. En voyant Alice, ils lui adressèrent leurs condoléances et s'inquiétèrent de savoir comment elle allait. Plusieurs exprimèrent leur indignation face à la possibilité d'un acte criminel. La jeune femme sentit néanmoins que sa présence avait jeté un froid : les conversations se tarissaient.

Peut-être pour rompre le silence qui s'installait, un stagiaire crut bon de lui demander si les Bulgares avaient identifié le corps. Personne n'avait dû lui faire profiter des résultats des analyses ADN… Au moment où Gaëtan arrivait, Alice annonça qu'il s'agissait bien de Chris et que la crémation aurait lieu samedi, si les autorités bulgares rapatriaient le corps suffisamment vite. Rien qu'à la tête de la jeune femme, tous virent que cette idée lui plombait le moral.

Les collègues roulèrent des yeux vers le stagiaire indélicat et filèrent rapidement les uns après les autres. Alice était furieuse contre le maladroit de l'avoir entraînée sur ce terrain glissant, elle n'avait plus personne à questionner sur la campagne Antarctique.

Plus personne, excepté Gaëtan, resté adossé contre un mur. Il dévisageait la jeune femme de ses yeux clairs encadrés de pattes d'oie marquées.

— Tu tiens le coup, Alice ?

— Bof… C'est dur. J'oscille entre tristesse et colère. Tu sais, les flics en charge de l'enquête ne sont pas des foudres de guerre, Hector Aynard n'a rien à craindre d'eux. Il y a juste… l'épave de la voiture qui doit encore être expertisée pour voir si c'est criminel. (Elle baissa la tête le temps de dissimuler une larme.) Ils ont trouvé quelque chose d'intéressant quand ils sont venus ici ?

Gaëtan resta silencieux quelques instants, son visage buriné tourné vers le sol, puis planta son regard dans celui d'Alice.

— Tu sais, je vais être franc avec toi. Parce que je t'aime bien, pour que tu ne te berces pas d'illusions. Je suis très triste pour Chris, ça pue l'assassinat à plein nez et je rêverais que les coupables finissent en prison. C'est fort probable que ça vienne de quelqu'un du Crédit solidaire, vu comme ton mari les gênait. Mais hier, je n'avais rien à dire aux flics, à part confirmer que la pile de dossiers Antarctique a disparu du bureau de Chris… Aucune trace d'effraction, rien de forcé, pas d'empreintes digitales ni d'ADN étranger au personnel. Rien ! À croire que les types ont opéré en scaphandre. Et cerise sur le gâteau : l'alarme et les caméras étaient désactivées ce week-end. D'après eux, ça pourrait être un défaut d'alimentation électrique. J'y crois pas, mais après avoir cogité deux nuits entières, je me suis résigné. Sans preuve, pas de procès. Résultat : toi comme moi, on n'a pas d'autre choix que de faire confiance à tes flics…

Gaëtan soupira devant la tête farouche d'Alice.

— Mais vous leur avez quand même fait comprendre que le Crédit solidaire était une organisation mafieuse ? demanda la jeune femme. On a des infos compromettantes à refiler sur le dossier Antarctique !

— Compromettantes, c'est vite dit. Tu sais, sans Chris, c'est la merde pour cette campagne… Regarde les choses en face : il gardait secrètes la majorité de ses infos. Alors sans ses sources ni ses dossiers, on n'a rien de bien concret sur la corruption exercée par le Crédit solidaire pour appuyer la Russie à la Convention. Même son lien avec la compagnie Barner Mineral

Resources n'est pas évident. Je ne sais pas ce que tu t'imagines, mais oublie l'idée de faire comparaître Aynard en justice. On n'est pas prêt de lui tailler des croupières… Pendant la prochaine Convention, on devra se contenter d'arguments écolos et politiques pour contrer les Russes et faire en sorte que l'Antarctique reste une réserve.

À mesure que Gaëtan parlait, Alice serrait de plus en plus les mâchoires. En gros, il lui disait d'oublier sa vengeance personnelle et de renoncer à la justice.

Cela faisait dix-huit ans que la Russie, de mèche avec des compagnies rapaces, faisait pression pour faire annuler le Traité de Madrid qui protégeait l'Antarctique et ses ressources souterraines. Leurs opérations de lobbying injectaient des millions d'euros dans de nombreuses poches afin de faire pencher la balance parmi les pays membres de la Convention. Peut-être la quarante-huitième édition serait-elle celle d'un vote scélérat…

— Mais c'est injuste ! explosa-t-elle. Il doit bien y avoir un moyen de les faire inculper pour qu'ils paient ?

— Je ne suis pas flic, mais s'il n'y a aucune trace d'effraction nulle part, la seule piste sérieuse serait les menaces anonymes qu'a reçues Chris, il y a plusieurs mois…

— Mmmh, grogna Alice, sceptique. Ces crétins ne m'ont pas prise au sérieux avec ça ! Pour eux, c'est trop ancien pour avoir un lien. En tout cas, ils ne semblent pas pressés de contacter l'opérateur pour remonter à la source de l'appel...

— Ça sent la corruption, si tu veux mon avis. Même si c'est dur à entendre – et je t'assure que ça me fout les boules de le dire –, peut-être qu'il faudra accepter que les coupables restent impunis... Plus vite tu l'accepteras, plus facile ce sera de faire ton deuil.

— Mais je ne veux pas faire mon deuil, je veux les voir condamnés, Aynard en premier !

Gaëtan lui adressa un pâle sourire en lui pressant l'épaule.

— Je comprends... Rentre chez toi te reposer, on en reparlera quand tu reviendras.

Il allait s'en aller. Désespérée, Alice se décida à utiliser la seule carte qui lui restait :

— J'ai le nom d'une des sources de Chris, Staminir Nikolov. Tu sais, celui qui lui a donné des infos sur Gerovič le corrompu.

— Oui, je sais qui c'est, répondit Gaëtan en hochant la tête.

— Mais on a dû faire pression sur lui parce qu'il refuse de me parler.

Le militant croisa les bras en grognant.

— Moi aussi, j'ai essayé de le contacter, et à moi non plus, il n'a rien voulu dire... Il a peur, on n'en tirera rien. À bientôt, Alice.

Et il la laissa, avec sa rage pour seule compagne.

La jeune femme broya son gobelet vide d'une main. Elle le jeta d'un geste sec à l'intérieur de la poubelle dans laquelle elle donna un coup de pied. La poubelle alla taper contre le mur dans un fracas métallique, répandant son contenu sur le sol carrelé.

Confuse, Alice ramassa les gobelets tachés de café et les touillettes, préférant ignorer les têtes interrogatives de ses collègues sortis dans le couloir. Un bruit de pas s'approcha derrière elle, alors qu'elle remettait la poubelle debout. Pourvu que ce ne soit pas le patron, venu lui faire un sermon compatissant. La personne s'arrêta près d'elle. Elle se redressa lentement, puis se retourna pour découvrir Nate, le gestionnaire du parc informatique.

Il scrutait la jeune femme d'un visage attentif. Ses yeux noirs brillaient d'une intense détermination. En dépit de son prénom anglais, ses traits et le teint de sa peau indiquaient des origines italiennes ou espagnoles.

— Salut Alice.

— Tu prends ton café après tout le monde, toi ? Ils ont tous filé pour m'éviter, tu devrais en faire autant, je ne suis pas de très bonne compagnie.

— Pourquoi tu as autant la rage ? demanda-t-il en introduisant une pièce dans le distributeur.

La jeune femme baissa la tête, crispée. Était-ce judicieux de livrer le fond de sa pensée ? Chez Eco-War, il y avait une sorte de *politiquement correct* tacite. On luttait contre des pourris qui dégradaient la nature, certes, pour faire condamner magouilles et pollutions impunies, d'accord, mais pas n'importe comment, pas dans n'importe quel état d'esprit...

Ce ne fut pas le regard franc de son interlocuteur qui la décida, ce fut sa capacité à rester silencieux sans chercher à lui tirer les vers du nez ni à la réconforter, contrairement aux autres.

— J'ai envie de buter ces enfoirés pour venger Chris, voilà ce que j'ai ! À commencer par Aynard, leur PDG…

Sa vue s'embua. La douleur la fit vaciller, au bord de l'explosion. Alice s'adossa contre le mur, à côté de la machine. Nate, d'un geste calme, récupéra son gobelet et souffla sur le breuvage fumant.

— Tu sais, je ne connaissais pas beaucoup Chris, mais je suis sûr qu'il aurait voulu que ces salauds paient pour leur crime… dit-il. La justice semblait être une obsession chez lui.

Cette remarque sidéra Alice. Pour une fois qu'on ne lui intimait pas d'être raisonnable ! Sa sœur, elle, l'aurait déjà sermonnée, tout comme les autres collègues.

— C'est vrai, tu l'as bien cerné… Mais ce n'est pas possible, on n'a rien contre eux. Et si la police n'est pas à leur botte, je veux bien me pendre ! D'ailleurs, c'est peut-être bien ce que je vais faire…

— Donc on oublie le tribunal, et aussi l'idée de les tuer. J'imagine qu'ils sont trop bien protégés, gardes du corps et tout ça. À moins que tu n'aies des talents cachés de ninja terroriste, ajouta-t-il en souriant, avant de boire une gorgée de café.

Sa simplicité et sa bonne humeur faisaient du bien à Alice. Enfin quelqu'un qui ne la considérait pas comme une veuve éplorée.

— Non, je n'ai pas encore suivi le stage, ce sera pour l'été prochain !

Elle rit nerveusement.

— Ce qu'il faudrait, poursuivit Nate, ce serait de les faire vraiment chier. Leur porter un sale coup au moral.

— Bien d'accord, sauf que la campagne Antarctique n'a plus grand-chose à leur opposer. Ils sont surtout focalisés sur la Commission et leur prochaine rencontre… Par la force des choses, le Crédit solidaire n'est pas dans leur ligne de mire.

— Je sais, mais je ne pensais pas à la campagne Antarctique…

— À quoi, alors ?

Nate garda le silence, échappant au regard interrogateur d'Alice grâce à la contemplation du fond de son gobelet.

— Nate, à quoi tu penses ?

Le silence s'étira jusqu'à ce que l'informaticien relève la tête.

— Bon… La non-violence, c'est bien, mais dans certains cas, c'est inefficace et même un peu puéril, tu ne crois pas ? (Elle approuva vigoureusement, surprise de ce propos peu orthodoxe en ces lieux.) Imagine : tu es banquière, tu diriges ta propre banque. Qu'est-ce qui te ferait le plus chier ?

Alice resta quelques secondes sans comprendre.

— Ce serait quoi le pire qui puisse t'arriver, à part la prison ou te faire tuer ?

— Euh, j'imagine que ce serait la faillite de ma banque… Tu veux les ruiner ? Ruiner le Crédit solidaire !

— Chut, moins fort ! Non, moi, je ne veux rien. Je viens juste de penser à ça, et c'est toi qui as dit que tu voulais te venger.

— Oui, c'est vrai, mais… Oh, ce serait génial ! Aynard serait anéanti et sa carrière détruite !

Ses yeux brillaient, comme ceux d'une gamine à Noël devant une pile de cadeaux.

— Mais bon, reprit-elle en balayant l'idée d'un geste de main. Ça se saurait si c'était si facile.

Nate resta muet, à regarder ses pieds.

— Eh, pourquoi tu ne dis plus rien, tu as une idée ?

— Ben…

— Allez, tu penses à quoi ?

— Non, je ne pense pas que ça puisse marcher.

— Allez ! Accouche.

— Je ne suis pas sûr que ce soit une bonne idée. Et puis, ce ne serait pas très légal…

— Dis-le-moi, bordel ! J'ai perdu mon mari, j'ai le droit de savoir si j'ai une chance de le venger.

Nate déposa son gobelet dans la poubelle en soupirant.

— D'accord, tu as gagné. Je connais des gars *très* doués en informatique, si tu vois ce que je veux dire.

Ça fait longtemps que je ne les ai pas vus, mais je peux leur demander de t'aider, ils ne me refuseront pas un service. On ne sait jamais, ils pourront peut-être faire quelque chose…

— Un virus ou un truc du genre pour planter leur système informatique ?

— Donne-moi ton numéro, dit Nate en sortant son téléphone. Je t'enverrai leur contact si c'est ok.

Il nota la série de chiffres que lui dictait Alice, puis ajouta :

— Par contre, il faudra sans doute allonger une pile de billets…

— Aucun problème, on avait un peu d'argent de côté.

Alice retrouvait un semblant de sourire. Enfin une bonne nouvelle ! Elle fit la bise à Nate, puis s'en alla, la poitrine un peu moins lourde qu'en arrivant. Plus question d'aller voir le patron pour lui annoncer qu'elle revenait travailler : elle allait avoir besoin de temps libre pour rencontrer les amis de Nate.

Resté seul près de la machine à café, le responsable informatique envoya à son autre employeur un texto composé d'un unique mot :

Ferrée

Partie 3

Un homme arriva sur le parking. 22 h 00 : pile à l'heure.

Alice sortit de sa voiture. Involontairement, ses doigts trituraient le coin de l'épaisse enveloppe qui alourdissait la poche de son trench. Elle s'avança vers celui qui devait être l'ami de Nate.

— Bonsoir, c'est vous que je dois voir pour la banque, n'est-ce pas ?

L'autre acquiesça en tirant une bouffée sur sa cigarette, sans prendre la peine de serrer la main tendue ni de desserrer la bouche pour répondre. Grand d'au moins deux têtes de plus qu'Alice, enveloppé d'une ample parka noire, il avait une allure de viking, avec de longs cheveux couleur paille, sales et emmêlés.

Il écrasa son mégot sur le goudron, puis, d'un signe de tête, l'invita à le suivre. À grandes enjambées, il traversa le parking pour s'engager sur le trottoir mal éclairé. Plusieurs lampadaires étaient cassés et l'enseigne rose du restaurant asiatique qui faisait l'angle clignotait par intermittence.

Alice faisait de son mieux pour ne pas se laisser distancer. Le vent frais qui balayait sa chevelure lui fit rentrer le menton dans son col. Abandonner sa voiture un samedi soir sans surveillance sur un parking en banlieue inquiétait la jeune femme. Sous ses doigts, le coin de l'enveloppe semblait tout abîmé.

Dix heures plus tôt environ, la crémation prenait fin. Tout ce cirque lui avait paru irréel. Une fiction où on l'aurait placée par erreur. Pourtant, ce qu'elle avait vu à travers ses larmes était les dernières images qu'elle garderait de Chris : une photo posée sur un cercueil, à l'intérieur duquel reposait un corps que les pompes funèbres avaient décidé de ne pas exposer. Les manifestations de soutien de ses collègues et de sa famille avaient eu l'effet pervers d'accentuer encore son sentiment de solitude, de l'enfoncer davantage dans son rôle de veuve en deuil. Elle aurait bien aimé voir Nate, mais il ne s'était pas montré.

En fin de matinée, après avoir refusé qu'on la raccompagne à l'issue de la cérémonie, elle était passée à sa banque. Deux pièces d'identité, plusieurs signatures, les mêmes paroles rassurantes qu'elle avait déjà dites à son conseiller l'avant-veille au téléphone, et elle ressortait avec une enveloppe pleine, déterminée à mettre son plan à exécution.

La police piétinait. Peu importe que cela soit par incompétence ou corruption, le résultat était le même. Le seul espoir de voir bouger les choses reposait sur la voiture calcinée. Hélas, même si l'expertise confirmait le caractère criminel de l'incendie, Aynard ne serait nullement inquiété… De son côté, Alice avait renoncé à l'idée de publier elle-même un article sur cette affaire de lobbying, elle manquait tout simplement de matériau et sa plume n'était pas aussi acérée que celle de Chris. Il ne lui restait donc que la vengeance pour espérer quelque apaisement.

Devançant le nuage de fumée dégagé par une nouvelle cigarette, le viking s'engagea dans une ruelle transversale plongée dans le noir.

*

Au quatrième étage de l'immeuble, la porte s'ouvrit, dévoilant un petit homme au visage aigu, vêtu d'un pantalon et d'un pull à col roulé noirs. L'ampoule du vestibule se reflétait sur son crâne chauve. Le viking passa à côté de lui pour s'engouffrer dans l'appartement, comme s'il n'avait plus rien à voir avec Alice.

— Soyez la bienvenue, ma chère, l'accueillit l'homme en noir. J'espère que le voyage avec Isaac a été agréable.

Il lui tendit une main sèche qu'elle saisit en frissonnant. À cause de son sourire de lézard, elle se serait presque attendue à le voir cligner des yeux grâce à des paupières surgies de la gauche et de la droite des orbites.

— Entrez, je vous en prie. Ne faites pas attention au désordre.

Il s'effaça pour lui permettre de franchir le seuil et referma derrière elle.

Au-delà du vestibule, Alice découvrit un salon en chantier : canapé taché, cartons de pizzas et de plats asiatiques sur la table basse, canettes vides, cendriers pleins... Ce désordre contrastait fortement avec l'apparence soignée de l'inquiétant personnage. Cela correspondait davantage à l'image du viking aux cheveux sales qui avait traversé la pièce pour s'installer à un large plan de travail sur tréteaux, encombré de plusieurs ordinateurs et de composants électroniques. Une autre cigarette aux lèvres, il faisait défiler des lignes de code informatique sur un écran.

Devinant ses pensées, le petit homme reprit :

— Isaac n'a jamais été très à cheval sur le rangement... Et je n'ai pas pour habitude de m'occuper des affaires des autres. Sauf quand on me le demande avec des arguments *convaincants*, ainsi qu'a dû vous le signifier notre ami commun.

Nate était en effet passé jeudi midi chez Déborah, en l'absence de cette dernière, pour annoncer à Alice que ses contacts acceptaient de la rencontrer et de l'aider dans son projet. Moyennant un dédommagement à quatre chiffres. Elle n'avait pas hésité longtemps : Chris aurait approuvé qu'une banque dirigée par des scélérats soit mise hors d'état de nuire.

La jeune femme tapota donc la poche de son trench pour indiquer qu'elle disposait bien de la somme demandée. L'homme hocha la tête d'un air entendu :

— Je vous invite à me suivre dans la cuisine, nous y serons mieux installés.

Il quitta le salon pour s'engager dans un couloir, puis tourna à la première porte à gauche, dans une cuisine bien rangée où il prit place de l'autre côté d'une petite table. Alice s'installa sur la deuxième chaise.

— Je vous offre quelque chose à boire ?

— Sans façon, j'aimerais conclure cette affaire rapidement. Qu'est-ce qui me garantit que vous allez tenir parole ?

— Absolument rien, très chère. À part ce qui vous a amenée ici : une certaine confiance en notre entremetteur.

Nouveau sourire froid qui fit croître le malaise d'Alice.

— Mais n'ayez crainte, reprit-il. Isaac est l'un des meilleurs dans son domaine, même s'il joue un peu de son apparence pour ne pas ressembler à ce qu'il est : un génie. Pas toujours facile à assumer. Je fais pâle figure à côté de lui. Mais passons, vous n'êtes pas là pour m'entendre deviser sur la psychologie de mon associé. Veuillez, s'il vous plaît, me permettre de recompter nos honoraires pour le travail accompli.

Admirative qu'un virus soit si rapide à fabriquer, la jeune femme obtempéra néanmoins. L'homme saisit l'enveloppe kraft qu'elle lui tendait et recompta les billets en les disposant par paquets de mille euros. Une fois la vérification effectuée, il retourna au salon avec l'argent.

— *Isaac, give me the memory stick, please.*

Les yeux brillants, le petit homme en noir revint avec un minuscule objet en main. Une main qu'il venait de recouvrir d'un gant noir. Sur la table, il posa une clé USB miniature, gris sombre, juste assez grande pour qu'on puisse identifier le dessin tracé en lignes rouges : la tête du chapelier fou d'*Alice au Pays des merveilles*. « C'est d'un drôle de goût… » songea la jeune femme.

— J'espère que vous appréciez l'allusion ? C'est une idée d'Isaac. Il dit que vous ne connaissez pas encore le savoureux mais dangereux plaisir de la vengeance. C'est un talisman pour vous rappeler de regarder la réalité en face sur ce chemin qui peut rendre fou. (Il se pencha vers Alice pour lui faire une confidence.) Croyez-le, il sait de quoi il parle. Son histoire ressemble étrangement à la vôtre. Je parie qu'il vous aime bien.

— Comment sait-il que je veux me venger ?

— Oh, rassurez-vous : notre ami commun a fait preuve d'une discrétion remarquable, mais il n'y a pas un nombre infini de raisons de vouloir accomplir ce que vous nous avez demandé…

Alice considéra le petit objet en pensant aux paroles de son interlocuteur. De toute façon, peu importe ce qu'avait pu dire Nate.

— Vous avez raison, je veux me venger de quelqu'un, avoua-t-elle. Quant au conseil, j'en reçois assez comme ça en ce moment. Alors vous pourrez rassurer Isaac : j'ai les yeux bien en face des trous. Bon maintenant, dites-moi comment vous allez faire ça.

— Non, je vais vous dire comment *vous* allez faire ça, ma chère !

La jeune femme fronça les sourcils.

— Que voulez-vous dire ?

— Eh bien, aussi doué soit Isaac, le système de sécurité du Crédit solidaire résiste à ses tentatives d'intrusion. Nous avons donc opté pour une infection de l'intérieur au moyen d'un ver informatique évolutif qui va s'adapter à l'architecture du SSI... Mais je vous parle peut-être mandarin ? Oublions ces détails, sachez juste que nous sommes sur le point d'accomplir un exploit *zero-day*, comme on dit dans notre jargon, une performance informatique jamais atteinte, grâce à ceci ! (Visiblement enthousiaste, il désigna la clé USB.) Elle contient un fichier intitulé *hatter.exi*. Ça veut dire chapelier en anglais – encore une idée d'Isaac. Il devra être exécuté sur un ordinateur de leur réseau interne. Dès que le script aura élevé ses droits d'administration, l'effet sera radical : il supprimera tous les comptes clients de la banque et ordonnera aux robots de toutes les agences de détruire leurs sauvegardes. Il faudra simplement veiller à ce que personne ne débranche l'ordinateur pendant la phase de réveil du script. Cela vous convient-il ?

— Euh... oui, mais je... Je ne suis pas sûre de comprendre ce que vous attendez de moi. C'est moi qui paie, c'est vous qui faites, non ? Pourquoi n'y allez-vous pas vous-mêmes ?

Le petit homme plissa les yeux pour la fixer avec une acuité dérangeante.

— Essayez-vous de me dire que vous n'êtes pas prête à mettre du vôtre dans cette vengeance ? Sachez, Madame, qu'en cas de désistement de votre part, nous nous trouverons face à la regrettable obligation de conserver notre rétribution pour nous dédommager du travail de recherche et développement fourni.

Alice se raidit sur sa chaise. Il n'y avait malheureusement plus d'enveloppe à triturer dans sa poche. Une poche vide, à l'image de son compte épargne. Elle hésita quelques instants.

Ce qui fit pencher la balance ne fut ni le regard inquisiteur de son vis-à-vis, ni la perspective de tout cet argent gaspillé pour rien, mais que Chris ne soit jamais vengé. Cela, Alice ne pouvait l'accepter.

— Je ne cherche pas à me défiler, j'évalue les risques encourus. Je ne tiens pas à me retrouver en prison.

— Impossible, si vous procédez comme je vais vous l'indiquer.

Il pencha légèrement le buste en avant pour glisser son bras derrière lui. Sa main revint poser un petit pistolet sur la table. Alice eut un mouvement de recul.

— Attendez ! Vous ne voulez quand même pas que je…

— Non, la coupa-t-il. Vous ne tuerez personne pour ruiner cette banque. Je vous présente le Glock 59C, quarante-deux cartouches en carbone nanorenforcé.

Cela fait des trous qui ne pardonnent pas. Une précaution théoriquement inutile. Toutefois, j'aimerais vous apprendre à le manier.

Partie 4

—Tu pourrais peut-être partir en vacances ? suggéra Déborah en posant des sucrettes à la stevia sur la table de sa cuisine. Ou carrément faire un tour du monde ! Tu m'avais dit que vous aviez un compte épargne suffisamment étoffé pour servir d'apport dans l'achat d'un appartement. Tu pourrais en utiliser une partie ?

Sourcils froncés, Alice souffla sur son thé brûlant pour se donner le temps de réfléchir. Elle se sentait gênée d'avouer à son amie ce qu'elle avait fait. Le liquide étant bien trop chaud, elle reposa finalement sa tasse sur la table.

—En fait... articula-t-elle. Ça ne va pas être possible parce que...

—Oh, j'ai compris : tu as peur que ce soit trop cher ? Tu sais, il y a plein de pays où on mange et dort pour quelques euros par jour.

—Ce n'est pas ça...

—Alors quoi ? Me dis pas que tu as peur de partir seule !

Alice ne savait que faire. Sa sœur aurait impitoyablement condamné pareil aveu, mais comment Déborah allait-elle réagir quand elle lui expliquerait que l'argent était perdu ? Malgré le préjudice financier, elle avait bien réfléchi au cours des deux jours écoulés. Cette opération était trop dangereuse : elle risquait de tuer quelqu'un ou de finir en prison. Ou les deux. Chris ne l'aurait pas souhaité. Quoi qu'il en soit, il était désormais inutile de solliciter Nate pour demander aux hackers de la rembourser, l'homme en noir avait été clair quant à un éventuel abandon de sa part.

Sur le coin de la table, son téléphone portable sonna, interrompant à point nommé cette conversation gênante. Elle regarda l'écran : l'inspecteur en charge de l'enquête. Roulant des yeux à l'attention de Déborah, Alice décrocha et passa au salon pour davantage de tranquillité.

Après quelques politesses, elle resta silencieuse à écouter le policier.

— Comment ça « personne » ? explosa-t-elle soudain dans le combiné. … … … Vous plaisantez ? C'est un guignol, ce Bulgare !

Déborah dévisageait son amie, la bouche entrouverte au-dessus de sa tasse. La véhémence d'Alice contrastait de façon surprenante avec l'attitude abattue qui la caractérisait depuis bientôt quarante-huit heures.

La graphiste s'était débrouillée pour rentrer tôt du travail, histoire de consacrer du temps à Alice qui avait passé tout le dimanche prostrée, refusant de parler de sa disparition du samedi ou de participer à la confection d'une tarte au citron pour son anniversaire. Le repas de fête était tombé à l'eau.

— C'est pas possible, vous êtes tous aussi incapables les uns que les autres ! Si vous croyez que je vais rester là sans rien faire, vous vous mettez le doigt dans l'œil. Aynard et ses potes vont regretter leur crime !

Sans même raccrocher, elle balança son téléphone portable sur le carrelage du salon. L'appareil explosa en une dizaine de morceaux de plastique et de composants électroniques qui ricochèrent contre les plinthes.

— Oh Deb, je suis désolée ! s'exclama aussitôt Alice.

— C'est pas grave, je vais te passer un vieux téléphone.

Alors qu'Alice s'agenouillait pour rassembler les débris, son amie vint lui saisir gentiment le poignet :

— Ma chérie, tu devrais te reposer dans le canapé le temps que je nettoie ça, pour souffler un peu. Ensuite, tu me raconteras ce que t'a dit cet inspecteur en sirotant ton thé. Ça te va ?

Agrippée à la main de son amie, Alice éclata en sanglots. Malgré les pleurs, Déborah comprit que le Bulgare avait conclu à un défaut de fabrication dans la pile nucléaire, indécelable lors des tests qualité en usine. Ainsi, personne ne pouvait être mis en cause dans cet accident et le rapport écartait définitivement la piste criminelle.

— … sûre que l'expert a été acheté par le Crédit solidaire ! accusa Alice entre deux hoquets.

— Tu sais, dit Déborah d'une voix douce, tout le monde n'est pas corrompu, même si c'est une explication tentante pour une telle injustice…

— Et les documents disparus de chez moi et de la rédaction, alors !

— Je ne sais pas quoi en penser, mais on n'est pas dans un film face à un complot planétaire. Dans la réalité, ça n'existe pas. Reviens les pieds sur Terre, Alice, ma chérie…

— Oh, tu ne vas pas t'y mettre toi aussi ! Il y a déjà ma sœur qui me claironne au téléphone que refuser la réalité est un signe de faiblesse…

« Et les hackers aussi », faillit-elle ajouter.

Partie 5

Les lettres bleues de la devanture ne la nargueraient plus très longtemps. Le bleu, couleur préférée des Français, disait-on. Une couleur apaisante, sereine. Tout l'inverse de l'état intérieur d'Alice, installée derrière son volant.

Elle n'en pouvait plus. Les trois heures passées dans sa voiture l'avaient mise sur les nerfs. La veille au soir, elle avait salué Déborah une dernière fois, sans lui révéler ses intentions. Alice avait trop peur que son amie la convainque de renoncer à cette folie. Elle s'était levée aux aurores pour venir dans cette rue. Elle voulait pouvoir se garer sur l'une des places stratégiques permettant un démarrage rapide, sans manœuvre. Au terme d'une heure d'attente à un emplacement inadéquat, l'un des endroits convoités s'était libéré : sa voiture se trouvait désormais en bout de file, au niveau d'une entrée de garage. Le moment venu, une simple marche avant suffirait pour s'insérer dans le flot de la circulation.

Elle vérifia le contenu de son sac à main pour la dixième fois au moins : la clé USB, un rasoir électrique pour changer d'apparence avant de se rendre à l'aéroport, son passeport et son billet pour Quito, en

Équateur. Le minimum nécessaire pour la suite des opérations. Enfin, elle se pencha vers la boîte à gants pour y prendre l'arme donnée par le hacker chauve.

L'heure du rendez-vous approchait. La jeune femme sortit de son véhicule qu'elle laissa sciemment ouvert. Quand elle ressortirait de l'agence, la moindre seconde se révélerait précieuse. Elle traversa la chaussée pour franchir les portes vitrées frappées du logo du Crédit solidaire : leur nom en lettres bleues dans un cercle jaune foncé. Elle se rappela que, dans la série de publicités où un gentil banquier aidait ses clients à financer tous leurs projets, ce cercle symbolisait l'entraide…

— Solidaire, tu n'en as que l'air, marmonna Alice entre ses dents. Je vais te désolidariser, moi !

Derrière le comptoir, une jeune femme l'accueillit :

— Bonjour Madame, que puis-je pour vous ?

— Bonjour. Je suis Mademoiselle Giraud. J'ai rendez-vous avec Monsieur Fournier à 9 h 30.

— Parfait, je le préviens de votre arrivée. Vous pouvez vous asseoir.

Elle lui indiqua une rangée de fauteuils encadrés de plantes vertes. Alice obtempéra en baissant légèrement le nez quand elle passa sous l'œil d'une caméra de surveillance. Elle serait bientôt loin, mais rien ne servait de tenter le sort.

Encore une fois, elle passa mentalement en revue le contenu de son sac à main. Puis, les yeux fermés, elle visualisa le trajet jusqu'à l'aéroport Charles de Gaulle :

le périphérique jusqu'à Porte de la Chapelle, le Stade de France, l'autoroute A1… Elle embarquerait dans trois heures pour une nouvelle vie. De l'autre côté de l'océan l'attendait l'ami de Chris qui travaillait chez Amnesty International et œuvrait désormais pour les droits des communautés indigènes. De ce fait, il connaissait beaucoup de monde. Sensible à sa douleur même s'il désapprouvait son projet, il lui avait promis de la cacher dans un village du versant pacifique des Andes. Elle pourrait y rester le temps de se faire oublier des autorités françaises et d'Interpol. Heureusement, grâce à la politique d'Eco-War pour la mobilité de ses activistes, Alice était à jour dans tous les vaccins obligatoires en zone équatoriale.

Après quelques minutes d'attente à triturer la lanière de son sac, elle vit un conseiller en costume sortir d'un bureau. Il s'avança vers elle, main tendue, raie impeccable, sourire charmant.

— Bonjour Mademoiselle. Bienvenue au Crédit solidaire. Mon bureau est par ici, je vous en prie.

Elle suivit l'homme dans son espace de travail où il lui indiqua un siège. Une fois la porte close, le banquier s'assit de l'autre côté du bureau.

— Alors, au téléphone, vous m'avez dit vouloir ouvrir un compte, commença-t-il. C'est une riche idée.

— Oui, on m'a recommandé de venir vous voir.

L'homme sourit d'un air entendu, puis leva un sourcil interrogatif lorsque sa cliente plaça un index sur ses lèvres pour lui signifier de se taire.

— À partir de maintenant, ne dites plus rien et tout se passera bien pour vous, chuchota-t-elle.

Le visage du conseiller se décomposa quand il réalisa que son interlocutrice braquait une arme sur lui. Toutefois, il eut la présence d'esprit d'obéir à la jeune femme.

— Je ne vous veux aucun mal. J'ai juste un compte à régler avec votre patron. Laissez-moi la place devant l'ordi.

D'un mouvement du canon, Alice fit signe à son vis-à-vis de se lever de son fauteuil.

— Asseyez-vous dans l'angle, contre le mur, et pas un bruit.

Devenu livide, il s'exécuta, se laissant quasiment tomber à l'endroit indiqué, comme si ses jambes ne le soutenaient plus. Tandis qu'elle remplaçait le banquier à son bureau, Alice tentait de juguler sa propre fébrilité, pas plus habituée que lui à ce genre de situation.

Après s'être battue d'une seule main contre la fermeture éclair de son sac, elle en sortit la clé USB et, malgré ses tremblements, l'inséra sur le côté de l'écran.

— Mais que faites-vous, Mademoiselle ? dit l'homme d'une voix blanche.

Elle le fit taire en agitant le Glock et le banquier se recroquevilla à terre. Le contenu de la clé s'afficha. La boule au ventre, elle double-cliqua sur le fichier *hatter.exi*.

L'écran devint soudain gris foncé, n'affichant plus qu'une face grimaçante tracée en rouge : le chapelier fou, identique au dessin sur la clé. La jeune femme fronça les sourcils. Deux phrases soulignaient l'image :

Merci pour ton aide, Alice. Maintenant, arrête de courir après les lapins blancs, il est grand temps d'ouvrir les yeux.

Elle resta figée de longues secondes, à lire et relire les mots sans parvenir à en saisir le sens. Son aide ? C'était elle qui en avait demandé aux hackers, pas l'inverse…

Une nouvelle phrase s'afficha :

Cherche au-dedans ce qui est caché.

— Au-dedans de quoi ? murmura-t-elle.

Dans le bureau voisin et à l'accueil, des exclamations s'élevèrent. Cela lui fit l'effet d'un électrochoc. Le ver informatique avait dû investir le serveur du Crédit solidaire, les ordinateurs devaient être inutilisables. Il était urgent de sortir de cette agence et de rejoindre sa voiture. Elle chercherait des réponses plus tard.

Partie 6

Guillaume, l'ami de Chris, arrêta le 4x4 au ras du trottoir poussiéreux qui bordait l'avenue. Caché derrière le rebord d'un chapeau et ses lunettes de soleil, il ne s'était pas montré très loquace avec Alice. Il désapprouvait qu'elle quitte la protection de la forêt pour venir en ville et avait cédé uniquement parce qu'il devait lui-même y régler des affaires.

La route depuis le village de ses nouvelles connaissances avait été longue et chaotique. D'ailleurs, ce chemin boueux usurpait largement le terme « route ». La jeune femme essuya d'une main la sueur qui perlait sur son front. Déjà deux semaines qu'elle supportait le climat équatorial et l'humidité de l'air. Elle se retourna pour attraper son sac à dos sur le siège arrière.

— Sois prudente, bougonna Guillaume quand la jeune femme descendit du véhicule. Je repasse dans trois heures.

Et il redémarra dans un crissement de pneus.

Si Alice appréciait le centre de Guayaquil City avec ses rangées de palmiers entre les beaux immeubles peints de blanc et de jaune, le quartier où elle se trouvait était plus modeste et moins engageant. De nombreux édifices aux façades en parpaings nus ne comptaient que deux ou trois niveaux. La vue des barres de fer à béton dépassant des toits l'attrista, signe que leurs propriétaires attendaient les moyens de construire un étage supplémentaire qui ne viendrait peut-être jamais.

Midi, le soleil avait atteint son zénith. Alice était contrainte de plisser les yeux malgré ses lunettes de soleil, mais elle repéra vite l'enseigne du cybercafé à une cinquantaine de mètres de distance. Comme l'attente risquait d'être longue, elle acheta des gâteaux de maïs sucrés à un dollar dans la boutique voisine.

*

L'ordinateur tentait d'afficher la page demandée. Alice avait attendu près d'une heure qu'un poste se libère. Maintenant, elle se sentait visée par les soupirs des personnes qui patientaient. Les connexions haut débit étaient un luxe auquel les Occidentaux ne prêtaient plus attention.

Alice triturait l'une de ses courtes mèches, collées entre elles par la transpiration et la moiteur ambiante. Le ventilateur au plafond peinait à amener un peu d'air frais dans la boutique, concurrencé par le soleil et les rangées d'ordinateurs.

Le navigateur afficha enfin le titre – *Conspiration interne : rebondissement dans l'affaire du Crédit solidaire* – et le texte de l'article que la jeune femme souhaitait lire. Puis, la première image apparut. Cerné par une marée de journalistes, Hector Aynard, le visage fermé, descendait les marches du palais de justice en compagnie de son avocat. Il sortait du bureau du juge d'instruction.

L'article rapportait que le magistrat n'avait retenu aucun chef d'inculpation contre le PDG. En effet, en milieu de semaine, la police avait retrouvé les dossiers volés de Chris dans le bureau d'un cadre intermédiaire du Crédit solidaire, actuellement en garde à vue. L'avocat d'Aynard affirmait que son client n'avait jamais eu connaissance d'agissements à l'encontre des membres d'Eco-War.

— Menteur, marmonna Alice.

Elle souffla en se jetant en arrière sur sa chaise, ce qui suscita des regards pleins d'espoir dans la salle d'attente.

Depuis quinze jours, le crash informatique de la banque avait été amplement relayé dans les médias du monde entier. Le ver des hackers n'était pas parvenu à supprimer définitivement les comptes clients, mais des centaines de milliers de personnes s'étaient retrouvées dans l'impossibilité d'accéder à leur argent pendant plusieurs jours. Alice culpabilisait pour les victimes collatérales de son attentat, en dépit des résultats tant espérés : perte totale de crédibilité du Crédit solidaire auprès des clients. La valeur de ses actions n'en finissait plus de dégringoler. Prise dans le feu des projecteurs, la banque allait avoir des difficultés à poursuivre ses manœuvres pour piller l'Antarctique. Eco-War s'en donnait à cœur joie devant le siège social du groupe financier et sur les réseaux sociaux.

Juste après son arrivée en Équateur dix jours plus tôt, les actualités avaient fait état des révélations des collègues et de la sœur d'Alice sur les véritables motivations de son acte. Les médias s'étaient alors intéressés de près à l'accident de Chris et aux menaces de mort. Devant les manques flagrants des premières investigations, une seconde enquête avait été diligentée. Un groupe d'experts français avait réexaminé l'épave de la voiture, concluant à un sabotage de la pile à combustible, comme le pensait Alice. Le Bulgare avait fini par révéler un pot-de-vin versé en liquide par un étranger…

En bas de la page, la jeune femme parcourut les liens qui pointaient vers des sujets similaires. Un titre accrocha son regard : *The Earth Fund, à la pointe de la sécurité des systèmes informatiques.*

Quelques jours plus tôt avec Guillaume, elle avait reparlé de l'opposition de cette banque avec le Crédit solidaire autour du trafic de diamants en Sierra Leone. Les deux entreprises se disputaient sans merci le marché bancaire européen. D'un doigt fébrile, Alice cliqua pour découvrir l'article. Une drôle de sensation lui serra le ventre pendant que la page chargeait.

Au cours de sa lecture, elle constata que l'annonce de la banque était davantage un coup de publicité qu'une réelle innovation technologique. L'annonce coïncidait parfaitement avec la déconfiture du Crédit solidaire. « Comme si ces salauds s'étaient tenus prêts pour l'occasion… » songea Alice.

— Un peu comme le ver des hackers : déjà prêt avant que Nate ne les contacte, murmura-t-elle.

Elle venait de prendre conscience que, génie ou pas, personne ne pouvait fabriquer un tel virus en quarante-huit heures. Secouant la tête, elle mit quelques secondes à mesurer toutes les implications de cette découverte. Cela lui coûtait d'admettre que sa haine contre Aynard le pourri avait été une erreur. Le PDG n'y était pour rien dans la mort de Chris. D'autres que lui tiraient les ficelles.

Le souffle court, elle serra les poings. La rage lui fit monter les larmes aux yeux. Pourtant, elle devait se contenir : de nombreuses personnes l'entouraient. Guillaume serait furieux si elle se donnait en spectacle et que les clients de la boutique se mettaient à parler de la *gringa* dans tout le quartier.

Elle se força à respirer profondément. Il fallait réfléchir à la situation. Non, elle n'avait pas sacrifié sa vie en France pour rien, car son attaque virale avait porté un violent coup à une banque malfaisante. Mais le doute s'insinua en elle : avec une campagne de publicité bien ficelée, le Crédit solidaire pouvait parfaitement redresser la barre et tout cela n'aurait peut-être servi à rien. C'était la faute de Nate.

Nate… Bien que discret, le gestionnaire du parc informatique avait joué un rôle important dans cette affaire. Repenser aux dossiers disparus dans le bureau du journaliste sans effraction la fit serrer les mâchoires ; tout comme le souvenir de son regard intense dans la salle de réunion, le jour de la mort de Chris. Elle n'en revenait pas qu'il ait gardé le silence alors qu'il savait qui était derrière tout ça. À l'idée de s'être fait manipuler par Nate à la machine à café, le feu monta aux joues d'Alice.

Honteuse, elle tritura machinalement la minuscule clé USB qu'elle portait autour du cou comme un talisman. Elle aurait pu s'en débarrasser, mais elle voulait se rappeler des paroles d'Isaac au sujet de la vengeance, afin de ne plus jamais agir avec l'aveuglement.

« *Cherche au-dedans ce qui est caché.* » La jeune femme repensait souvent à cette phrase intrigante. Au-dedans de quoi ? Elle baissa la tête pour détailler le chapelier dessiné sur la clé. Elle avait cru que le ver serait l'instrument de sa revanche…

Un éclair d'intuition lui traversa l'esprit. Elle ôta la clé de son cou avec précipitation et la brancha sur la tour de l'ordinateur. La machine mit une minute à ouvrir le périphérique. Comme dans le bureau du banquier, le dossier ne contenait que le *hatter.exi*. Alice se rendit dans le menu des options et, parmi les nombreuses phrases en espagnol, identifia celle qui concernait les fichiers cachés. Elle en demanda l'affichage : un document texte intitulé *Pour_Alice.txt* apparut.

Avec un frisson d'excitation, la jeune femme double-cliqua sur le fichier. Un court message lui était adressé :

Si tu veux toujours te venger de mes vrais employeurs, contacte-moi sur isaac@isaac.no. Ce sera gratuit cette fois et le petit chauve en noir n'en saura rien. Recopie le message du chapelier pour que je sois sûr que c'est toi.

Le viking, qui en réalité parlait français, lui proposait de remettre ça. Mais pouvait-elle lui faire confiance ? En tout cas, plus facilement qu'à son inquiétant associé.

Alice soupira devant le dilemme. Elle savait désormais que la nouvelle équipe de policiers faisait fausse route en cherchant des poux au Crédit solidaire. Les vrais responsables se trouvaient ailleurs, profitant du marasme de leurs concurrents.

Même si les villageois s'étaient montrés chaleureux, la jeune femme ne se sentait pas liée à la vie ici. L'ami de Chris désapprouverait sûrement, mais elle n'était plus à ça près.

Un sourire fleurit au coin des lèvres d'Alice à mesure que l'espoir la gagnait. Elle se redressa, inspira profondément et se frotta les mains avec entrain. Le client assis devant l'ordinateur voisin lui jeta un coup d'œil intrigué. La jeune femme lui répondit par un regard féroce, avant d'ouvrir un nouvel onglet dans le navigateur pour se connecter à sa boîte mail.

— Voyons comment tu comptes leur faire la peau, Isaac !

FIN

Processus de création de la nouvelle
Alice et le Crédit solidaire

Cette annexe s'adresse à tous les lecteurs qui s'intéressent aux rouages cachés du texte. Elle s'adresse aussi et surtout aux auteurs, débutants ou confirmés. Peut-être cela vous inspirera-t-il ? Je vais tâcher d'expliquer le processus qui m'a permis de créer ce texte.

La nouvelle *Alice et le Crédit solidaire* est un texte issu d'un atelier d'écriture auquel j'ai participé sur le forum Écrire Un Roman en janvier 2013. Le texte devait répondre à un sujet surprise, nous avions 48 heures pour écrire 500 mots. Le plus difficile était de produire un texte qui fonctionne tout en faisant preuve d'une grande concision !

Si vous êtes écrivain en herbe, je vous conseille vivement de participer à ce genre d'atelier : les contraintes d'écriture peuvent se révéler très stimulantes. De plus, il est très instructif de voir ce que font les autres dans les mêmes conditions. Les ateliers en chair et en os ne manquent pas et beaucoup de forums en proposent, allez là où vous vous sentez bien. Le plus important selon moi pour nourrir sa créativité, c'est la régularité.

Voici les règles du jeu d'écriture ce jour-là :

Le texte doit commencer par : *J'aurais dû refuser, mais ma curiosité était trop grande. De plus, je ne voulais pas avoir l'air...*

Sa curiosité pousse le personnage principal à suivre quelqu'un dans un endroit louche.

Une bagarre a lieu.

La nuit tombe.

Je vous laisse maintenant découvrir la première version de cette nouvelle en 500 mots et je vous explique ensuite son évolution jusqu'à la version définitive en 11 000 mots.

Le texte en 500 mots

Avertissement : ne lisez pas ce texte avant la version finale de la nouvelle, vous seriez déçu d'en découvrir la chute !

J'aurais dû refuser, mais ma curiosité était trop grande. De plus, je ne voulais pas avoir l'air hésitante. Je repensai à mes tristes raisons de mettre un terme aux activités du Crédit solidaire. Chris aurait dû être vivant et son article sur ces pourritures déjà publié ! Au lieu de quoi, les preuves qu'il avait accumulées avaient disparu avec son ordinateur et l'enquête sur l'accident avait conclu à une défaillance technique…

Ces pensées renforcèrent ma détermination à suivre mon guide albinos pressé dans cette ruelle déjà enveloppée d'obscurité. La nuit s'épaississait. Il regarda nerveusement sa montre aux aiguilles phosphorescentes.

— Nous sommes en retard, pesta-t-il.

Il m'avait garanti que j'aurais la possibilité de faire payer leur crime à ces scélérats. Ma grande sœur, bien que compatissant à la perte de mon mari, m'avait ri au nez : « Ah bon, dans _ton_ monde, il est possible de détruire une banque ?! Tu as perdu la tête, Alice… »

Par contre, mes collègues de l'ONG m'en avaient crue parfaitement capable. Mais ils désapprouvaient ce mode d'action, même s'ils s'acharnaient depuis des années à dénoncer cette banque qui investissait dans les entreprises pillant la forêt indonésienne et le sous-sol de l'Antarctique.

C'était Nate qui m'avait discrètement donné le contact du hacker albinos.

Ce dernier regarda encore sa montre en s'arrêtant devant l'entrée d'un immeuble décrépi. Il y pénétra sans m'adresser un regard et s'engagea dans une cage d'escalier étroite et sombre. La lumière ne marchait pas et je manquai de trébucher sur des détritus jonchant les marches. Au premier, il sonna à la porte. Au même moment, des voix retentirent plus haut, suivies de cris et de bruits sourds. La peur me saisit au ventre. Un homme au rictus inquiétant et coiffé d'un étrange chapeau nous ouvrit puis referma la porte derrière nous, pendant que les échos d'une altercation nous parvenaient toujours du deuxième étage.

— Vous prendrez bien une tasse de thé, fit-il en me dévisageant, impassible aux bruits provenant de l'escalier.

Je m'avançai dans un salon désordonné. L'albinos avait disparu, sans doute dans la pièce voisine.

— Non. Je suis juste venue pour la clé, répondis-je en sortant l'épaisse enveloppe.

Il la saisit et compta rapidement les billets. Il sortit alors de sa poche une clé USB noire, ornée d'une tête de clown grimaçante.

— Vous devrez exécuter le fichier *.exe* sur un ordinateur de leur réseau interne. Mais pour forcer un de leurs conseillers à cela, vous aurez besoin de ceci.

Surgi de son autre poche, il me tendit un revolver avec un sourire perfide. Je me glaçai d'effroi. Dans quoi m'étais-je embarquée ?

Le conseiller était pétrifié, mais silencieux. Je double-cliquai sur l'icône du fichier. L'écran devint noir. J'entendis des cris de surprise dans les pièces voisines de l'agence. Puis un message s'afficha quelques secondes et je dus le relire plusieurs fois, tant sa portée m'anéantissait en me démontrant que je n'avais été qu'un pion sur un échiquier :

Merci d'avoir détruit nos concurrents.

Mon commentaire

Vous aurez sans doute noté la référence fantaisiste à *Alice au Pays des merveilles* : Isaac, ici albinos et en retard, dans le rôle du lapin blanc qui guide Alice dans un autre monde (celui de l'illégalité), l'homme en noir inquiétant dans la peau du chapelier fou (« une tasse de thé ? »), la grande sœur d'Alice qui se moque de sa naïveté (« dans ton monde ? »)… Depuis, j'ai fait divers arrangements autour de ces références, beaucoup ont disparu car elles ne convenaient plus à l'atmosphère de thriller que je voulais donner à ce texte, mais plusieurs ont persisté. J'ai notamment gardé la naïveté d'Alice comme point central de sa personnalité.

Initialement, ce qui m'a donné cette idée, c'est la contrainte d'écriture « suivre quelqu'un là où il ne faut pas » => le lapin dans le terrier. Puis, j'ai cherché ce qui pouvait motiver quelqu'un à aller de son plein gré dans un endroit louche. Comment susciter la curiosité mentionnée dans le sujet ? J'ai pensé à l'appât du gain, puis à la vengeance. La vengeance contre les assassins d'un être aimé… Mais dans ce cas, pourquoi a-t-il été tué ? De fil en aiguille, j'ai ainsi inventé une justification aux actes d'Alice, au complot dont avait été victime son mari. Puis, je me suis beaucoup documenté autour du statut de l'Antarctique et des systèmes de sécurité informatique (j'ai notamment appris ce qu'était un exploit 0-day sur Wikipédia).

Suite à cet atelier d'écriture, j'ai développé ce texte de 500 mots en une seconde version d'environ 2 000 mots, puis une autre de 4 000. Le récit commençait sur le parking près de l'appartement des hackers et contenait beaucoup de flashbacks explicatifs sur les menaces de mort, l'accident de Chris, la crémation, toute l'histoire de lobbying autour du statut de l'Antarctique… Je pense que le lecteur perdait un peu de vue la marche dans la ruelle et que ce brusque afflux d'informations devait être difficile à digérer.

J'ai donc choisi de réécrire entièrement cette histoire en commençant au début, afin de mettre en scène le véritable évènement qui provoque le désir de vengeance chez Alice : le moment où elle apprend la mort de son mari. Établir une chronologie précise des évènements et détailler le « plan des méchants » m'ont aidé à y voir plus clair et à consolider l'intrigue. J'ai aussi décidé de changer le système de narration : en passant d'une narration première personne à un narrateur omniscient, j'ai pu vous faire participer à un évènement d'*ironie dramatique*, selon l'appellation d'Yves Lavandier, qui restera inconnu d'Alice : le moment où Nate envoie son texto.

D'ailleurs, les conseils d'Yves Lavandier dans ses ouvrages *La Dramaturgie* et *Construire un récit* m'ont été très utiles. D'une part pour caractériser Alice par ses actions (en montrant son comportement plutôt qu'en expliquant qu'elle est comme ci ou comme ça), notamment avec le petit mot sur le pare-brise du 4x4 (j'imagine que vous avez tout de suite compris certaines choses sur son caractère). Et d'autre part pour construire chaque chapitre comme une mini-histoire avec un incident déclencheur, un objectif à atteindre malgré des obstacles et un climax où l'objectif est atteint ou non. Il y a d'autres étapes possibles, mais celles-ci sont les principales. Pour les très curieux, sur simple demande par e-mail, je peux vous envoyer le squelette de l'intrigue, ça tient sur deux pages.

Ce dernier point m'a demandé beaucoup de travail, mais je crois que ça a été formateur pour moi, dans ma façon d'aborder la construction de mes histoires et de créer du suspense.

Mes bêta-lecteurs du forum CoCyclics m'ont également bien aidé (entre autres choses !) à rester proche du point de vue et des émotions d'Alice, notamment à la fin quand elle découvre les manigances dont elle a été le jouet. En effet, j'avais tendance à conclure trop vite et à rester très factuel pour expliquer les conséquences du battage médiatique, de la nouvelle enquête, ainsi que la décision d'Alice de contacter Isaac. Comme ce sont ses ressentis qui ont porté tous ses actes tout au long de l'histoire, il était important de ne pas les occulter à la fin.

J'espère que cette visite des coulisses de la nouvelle vous a plu et surtout que ça a été inspirant pour vous si vous écrivez. Si vous allez déjà à des ateliers d'écriture, n'hésitez pas à dépoussiérer certains textes, je suis sûr que ~~certains d'entre eux~~ TOUS ont du potentiel ! Ce n'est peut-être qu'une question de travail, de remettre cent fois son ouvrage sur le métier… Jusqu'à arriver à un stade où l'on est satisfait, même si, en reprenant le texte un ou deux ans plus tard, il serait peut-être possible de l'améliorer encore.

Et si vous ne participez à aucun atelier, vous savez maintenant quel est mon conseil !

Un Fils inattendu

Un Fils inattendu

Le brouillard, cotonneux et immobile. Il ne s'y passait rien. David Stein n'aurait su dire depuis combien de temps il se trouvait là – une éternité ? –, mais cette simple pensée induisait déjà en lui une sensation de durée. Il eut alors l'impression que les choses se précisaient, gagnaient peu à peu en densité.

Il éprouva une lourdeur un peu gênante, et devina plus qu'il ne sentit les contours flous de son corps, comme après un long sommeil. Il resta un moment dans cet état de torpeur, le brouillard était tellement léger et confortable…

David entendit soudain des cris lui parvenir d'une direction indéterminée et eut la certitude d'être allongé. Il voulut ouvrir les yeux et mit quelques instants à localiser ses paupières collées et à leur intimer l'ordre de s'entrouvrir.

Ce geste acheva de lui faire réintégrer son corps. Il ne distingua d'abord que l'obscurité, aussi, il rassembla ses forces pour relever la tête avec pénibilité. Il put regarder autour de lui avant de se laisser retomber. Il était dans une pièce sombre qu'il ne connaissait pas. Une évidence surgit : il aurait dû se réveiller dans son lit aux côtés de sa femme – comment s'appelait-elle déjà ? – avec un réveil digital bleu à sa droite, dans sa maison de München. La toiture était d'ailleurs à refaire avant l'hiver, ils allaient devoir emprunter. C'était fou de se rappeler de pareils détails alors que les choses d'importance restaient inaccessibles… Il n'avait aucun souvenir de ce qu'il avait fait juste avant de s'endormir.

Il reposait sur un lit inconfortable dans un angle, avec le mur à gauche. À sa droite, une faible lumière filtrait à travers ce qui devait être des volets. Il réussit à identifier les bruits qui venaient de l'autre côté du mur d'en face : des cris de bébé, auxquels se mêlaient les gémissements d'une femme. Mais où se trouvait-il ?

Il se sentait ankylosé. En essayant de se redresser complètement, seul son bras gauche prit appui sur le matelas. La couverture glissa un peu de son buste nu et David constata avec horreur que son bras droit était absent, coupé juste en dessous de l'épaule. Un vide lui creusa le ventre et il hoqueta de surprise. La blessure était guérie, la cicatrice propre et nette comme si elle datait de plusieurs mois. Ça ne pouvait pas être vrai ! Il beugla pour refuser ce qu'il voyait. Une longue plainte sans mot. Qui lui avait fait ça ?! Le membre manquant commença alors à l'élancer, comme si un sadique le transperçait de centaines d'aiguilles effilées.

Des pas précipités résonnèrent sur le plancher de la pièce voisine. Une porte s'ouvrit en face de lui et livra passage à une femme corpulente, sans doute alertée par ses cris. David ne put la distinguer clairement, car elle tournait le dos à la lumière qui régnait à côté.

— *Guten Morgen ! Madame wird froh sein Sie endlich wach zu sehen. Sie hat Ihnen Jemanden vorzustellen !*

— Mon bras ! glapit David en essayant de se relever maladroitement, pris de panique, répondant à une impulsion pour tenter de s'échapper de cette réalité impossible.

La femme allait déjà ouvrir la fenêtre et les volets, inondant la pièce d'un jour gris. Elle portait un large tablier tâché de sombre par-dessus une robe noire toute simple qui lui descendait sous les genoux. Une coiffe blanche retenait son chignon. L'ensemble lui donnait l'apparence d'une domestique. Blonde, les yeux bleus, elle semblait avoir une quarantaine d'années.

David réalisa qu'elle lui avait parlé en allemand, la langue de sa mère. Il avait grandi entre deux cultures et deux pays : la France et l'Allemagne. Il mit une seconde à comprendre ses propos : une dame allait être contente de lui présenter quelqu'un.

Le centre de la pièce était occupé par un grand bureau, encombré de papiers et de flacons en verre évoquant du matériel de chimie. David se demanda s'il était mort et avait rejoint le Shéol. L'au-delà se résumait-il donc à un grand délire dans lequel il allait errer pour l'éternité ?

— *Was haben Sie gesagt ?* lui demanda la femme.

David répéta les deux mots en allemand.

— Oh, votre bras vous fait encore souffrir ?

Cette fois, il avait compris immédiatement.

— Il n'est plus là ! dit-il.

Sa voix lui parut hystérique.

— Vous ne vous rappelez pas de l'amputation, en juillet dernier ? C'est qu'il vous a fait une vilaine blessure, ce sanglier. Et la gangrène, ça pardonne pas…

Il ferma les yeux en secouant la tête. Que lui racontait cette folle ? Ils avaient passé l'été à Toulouse, dans la famille de Charonna. Ça y est, il avait retrouvé le nom de sa femme et l'image de son doux visage ! Il l'appelait « ma petite poésie » en référence à son prénom… Mais où était-elle ? La reverrait-il ? Peut-être était-il mort dans son sommeil ?

— Où suis-je ? risqua-t-il.

— Vous êtes à Braunau am Inn.

— En Autriche ?

— Oui, à la frontière, chez Aloïs et Klara Hitler, dans le bureau de Monsieur. Mais là, il est sorti chercher un médecin : Madame vient d'accoucher et elle a besoin de soins. Le bébé va bien, rassurez-vous.

David réalisa que les tâches sur le tablier de cette femme étaient du sang. Un accouchement à la maison ?

Le nom d'Hitler fit surgir dans la mémoire de David le souvenir du génocide dont avait été victime son peuple pendant la Seconde Guerre mondiale. Des images des camps en noir et blanc passèrent dans son esprit. Se pouvait-il qu'il soit chez… ?

La domestique s'approcha du lit en souriant et fit un signe de tête vers la pièce voisine. Elle avait les traits avenants marqués de rides légères où ne transparaissait aucune duplicité.

— Allez, calmez-vous et venez voir votre enfant, dit-elle.

— Mon enfant ? s'étrangla David.

Elle parut surprise et fronça les sourcils.

— Hé bien oui, ce n'est pas Monsieur Hitler qui l'a conçu, même s'il se plaît à le croire. Avec Madame, ils ne… Enfin, je ne vois pas pourquoi je vous dis ça, vous savez mieux que moi ce qui se passe ici depuis votre arrivée.

David se demanda s'il était devenu cinglé ou si tout cela était bien réel.

— Vous avez dit Hitler… On est en quelle année ?

— 1889, le 20 avril. Pourquoi ?

— Attendez, s'indigna-t-il en se redressant maladroitement dans le lit, déséquilibré par l'absence de son bras. Vous vous moquez de moi, là ?

Son interlocutrice fit lentement non de la tête. Pourtant, David ne vivait pas à la fin du dix-neuvième siècle ! 1889, il avait la conviction que c'était le passé, même s'il n'arrivait pas à se rappeler dans quelle année ou siècle il aurait dû être…

— Monsieur, peut-être vaudrait-il mieux rester allongé, vous semblez tout chamboulé et vous êtes encore faible. Monsieur Hitler dit que le traitement qu'il a essayé sur vous était trop fort. Il pense que c'est pour ça que vous avez dormi pendant deux jours.

— Quel traitement ?

— Vous ne vous rappelez décidément de rien aujourd'hui ! Le médicament pour soulager les douleurs dans votre bras. Des douleurs fantômes, il appelle ça.

David ne savait plus que penser, mais il comprenait mieux la présence du fourbi de petit chimiste sur le bureau. Son attention revint sur ce que la domestique avait dit à propos du bébé. Il avait un sombre pressentiment et devait en avoir le cœur net.

— Je me sens beaucoup mieux, assura-t-il. Je vais me lever.

La femme le considéra d'un air dubitatif, mais n'ajouta rien. David s'assit au bord du lit et posa les pieds au sol. Il devinait des cuisses bien maigrelettes sous le pantalon de toile beige dont on l'avait revêtu.

— Enfilez donc un vêtement pour pas prendre froid, dit-elle en attrapant une chemise blanche dans un coffre situé au pied du lit.

Il obtempéra puis se mit debout en s'appuyant sur la main qu'elle lui tendait. Ce soutien n'était pas de trop, car ses jambes flageolaient… Ils firent quelques pas ensemble jusqu'à ce qu'il soit sûr de pouvoir marcher seul. Il se dirigea ainsi, chancelant, mais sous bonne garde, vers la pièce voisine où les pleurs du bébé s'étaient calmés.

Il découvrit un grand salon au centre duquel trônait une table à manger ronde et bien cirée, sous un petit lustre. À droite, il y avait la porte d'entrée et une petite fenêtre donnait sur la rue de ce qui semblait être une petite ville. En face, les deux portes en bois devaient être des chambres. Le couple Hitler et d'autres enfants ? Dans la partie gauche de la pièce, une chaise à bascule, sans doute à l'usage d'Aloïs, était placée devant le poêle à charbon en fonte noire et une petite cuisine se trouvait dans un renfoncement.

Contre le mur mitoyen avec la chambre qu'il venait de quitter, un lit avait été installé. Entre ce lit et la table, un drap blanc taché de sang et d'humeurs couvrait le sol, avec une chaise posée dans un coin. La jeune femme qui se trouvait dans le lit avait dû accoucher là, assise sur le rebord de la chaise. À l'ancienne, se dit David. Celle qui était venue le chercher avait sûrement fait office de sage-femme.

La dénommée Klara Hitler leva ses yeux verts sur David et lui adressa un sourire chaleureux. Un grand front dégagé, un petit nez rond, elle avait un visage doux, mais fatigué, et ses cheveux bruns défaits flottaient sur ses épaules blanches. Une couverture bleu indigo ramenée sur ses hanches, elle tenait un bébé contre l'un de ses seins menus. Le petit tétait, emmailloté dans un linge.

— Bonjour mon chéri, murmura-t-elle. Je te présente Adolf, notre fils. Regarde comme il est beau…

David resta muet de stupeur. Adolf. Adolf Hitler. Son pressentiment se confirmait donc. Merde, mais qu'est-ce qu'il foutait ici ?

Cette femme semblait tellement heureuse avec son enfant et il y avait un tel décalage avec l'image funeste que David se faisait du dictateur, qu'il ne sut quoi répondre. Et lui jeter « Ce bébé est un monstre ! » ne semblait pas vraiment adapté aux circonstances. De plus, la mère avait dit « notre fils ». Ça ne pouvait pas être le cas. Impossible. Il n'avait aucun souvenir d'avoir… avec elle… Il ne la connaissait pas.

Il contempla bouche bée ce petit être d'apparence si fragile, en se demandant s'il portait déjà en lui ces crimes imprescriptibles contre l'Humanité. Les choses étaient-elles écrites en nous de façon définitive et immuable dès notre naissance, comme une sorte de destin, ou existait-il un moyen de les modifier ?

Peut-être – en admettant qu'il soit vraiment coincé ici et qu'il ne soit pas en train de rêver –, qu'en devenant le père de ce petit Adolf, en assumant cette responsabilité aux côtés de cette Klara qui semblait pleine de douceur, peut-être réussirait-il à infléchir le cours de l'Histoire ? Il faudrait d'abord les enlever à cet Aloïs, mais il pourrait lui inculquer une autre éducation, lui transmettre des valeurs d'amour et de respect et ainsi l'empêcher de commettre les atrocités que l'on connaissait. Parce que, pour en être arrivé là, cet enfant avait dû cruellement manquer de tendresse. Soudain, David fut persuadé que cette réécriture de l'Histoire était possible. Mais serait-il capable d'accomplir une telle mission ? De donner un amour sincère à ce futur homme sachant de quoi il était capable ?

Il envisagea alors d'informer Klara du devenir de son fils pour qu'ils soient deux à prendre en charge à son éducation, à s'épauler pour éviter qu'une autre guerre ne ravage le vingtième siècle. Elle avait les yeux vifs, elle semblait intelligente, elle comprendrait la situation s'il savait se montrer assez précis et persuasif, s'il illustrait son propos avec des exemples concrets... Il connaissait suffisamment bien l'Histoire pour cela.

Mais il fut stoppé dans ses pensées par l'évidence qu'elle ne le croirait jamais. Elle le prenait pour le père et il s'apprêtait à lui annoncer que leur fils serait un dictateur sanguinaire... Et qu'il le savait parce qu'il venait du futur.

Assailli par ces réflexions, il n'entendit que la fin de la phrase adressée par la domestique qui se tenait à ses côtés.

— ...nez pas votre fils dans vos bras, Monsieur ?

Il se ressaisit et croisa le regard de Klara qui lui souriait, intriguée de le voir plongé dans ses pensées, en guettant un signe de sa part pour retirer le bébé de son mamelon et le lui tendre. Il émit un faible « oui » après s'être éclairci la gorge et s'avança. Un vent de panique se leva en lui quand il se rappela qu'il lui manquait un bras. Comment pouvait-on oublier ce genre de détail ne serait-ce qu'une poignée de secondes ? Il se força à respirer profondément et à rendre son sourire à Klara.

En une fraction de seconde, il décida qu'élever Hitler dans l'amour présentait un risque trop grand, que la situation pouvait leur échapper à tout moment. Les parents ne contrôlaient jamais vraiment leurs enfants, ou alors ce n'était qu'une illusion temporaire : les garnements finissaient toujours par se dérober et mener une existence autonome. L'adolescence était d'ailleurs une période critique. Parfois même, les enfants faisaient exprès de contredire les valeurs de leurs parents par leurs choix de vie… Le fils de l'anar devenait flic, celui de l'écolo bossait dans une compagnie spatiale polluante, la fille de l'ouvrier syndiqué sévissait comme DRH et celle du bourgeois rejoignait l'une de ces *Green communities* qui prospéraient depuis la Grande Faillite de 2069. À l'arrière-plan de sa conscience, David réalisa que ce souvenir indiquait qu'il provenait d'un futur postérieur à cet évènement.

Ainsi, même à supposer que Klara le croie et joigne ses efforts aux siens, il existait un risque de précipiter Hitler vers l'accomplissement de son œuvre funeste précisément en essayant de l'en éloigner.

Il n'y avait donc pas d'alternative. David devait se montrer courageux pour faire la seule chose qui s'imposait, pour adopter la seule solution infaillible… Il possédait le pouvoir d'agir et ce pouvoir lui donnait une responsabilité vis-à-vis de millions de personnes. Elles ne le sauraient jamais, mais il allait les sauver. Il serait un héros inconnu. Il fallait qu'il les sauve ! S'il ne le faisait pas, il deviendrait complice passif du crime, comme ces gens qui détournent le regard dans le métro quand une jolie fille se fait agresser par un groupe de brutes.

Il s'assit au bord du lit pour pouvoir prendre délicatement l'enfant au creux de son bras gauche. Celui-ci gémit comme on l'enlevait à son repas, mais ne se remit pas pour autant à pleurer, ce qui soulagea David. Il n'aurait pas su comment réagir face à un nourrisson hurlant. Le petit Hitler avait encore un peu de lait au coin de la bouche et le regarda quelques secondes avant de refermer ses petits yeux.

David y vit tant de quiétude et d'innocence qu'il se sentit touché par ce regard. Sa détermination se fissura. Il ne pouvait pas se résoudre à fracasser la tête de ce bébé par terre ni à l'étrangler. C'était possible même avec un seul bras, mais il n'en avait plus le courage. Il balaya les lieux du regard à la recherche d'une solution et ne vit que l'expression attendrie de la domestique qui venait de s'éloigner en direction du poêle à bois à l'entrée de la cuisine. Elle souleva une bouilloire fumante et la vida dans un baquet de cuivre non moins fumant, posé au sol.

Peu importe à quoi servirait cette eau chaude – laver le parquet, baigner l'enfant –, son sang ne fit qu'un tour : le maître de maison étant absent, la situation ne se représenterait peut-être pas une seconde fois. Il se leva du lit, fit semblant d'esquisser quelques pas en contemplant le nourrisson, mais se rapprocha rapidement de la petite baignoire. Il s'étonna même d'avoir retrouvé plus d'assurance dans ses déplacements. Bébé Hitler recommença à pleurer.

— Simon, où vas-tu ? s'inquiéta Klara.

David décida de ne pas s'attarder sur le fait qu'elle l'avait appelé par un autre prénom que le sien. Après tout, il n'était plus à une bizarrerie près... La domestique se tourna vers lui, curieuse, et n'eut pas le temps de réagir quand David lâcha le bébé dans le baquet et s'empara du tisonnier appuyé contre le poêle avec son unique main. Par de grands moulinets maladroits de son arme improvisée, il fit reculer la femme choquée dans la cuisine, en ignorant les hurlements d'horreur poussés par la mère qui cherchait à se lever du lit.

— Franziska, arrêtez-le ! criait-elle. Sauvez mon enfant !

Mais Franziska ne bougeait pas. Tout en gardant un œil sur les deux femmes, David mit un pied dans le bain brûlant de façon à maintenir au fond le petit Hitler qui ne se débattait même pas. L'eau, c'était un bon choix, une manière propre d'en finir et, d'une certaine façon, sans violence. Lui, David, n'aurait donné aucun coup, cassé aucun os, déchiré aucune chair, mais il aurait contribué à la paix dans le monde. C'était l'eau qui allait tuer à sa place et éviter la guerre.

Pourtant, il douta de la moralité de son acte et son cœur se serra d'une culpabilité cuisante. Il était tout de même en train de noyer un bébé sous les yeux de sa mère ! Il tenta de se rassurer en se disant que le système nerveux des nouveau-nés n'était pas achevé et qu'ils ne ressentaient pas la douleur comme les adultes, mais il ne parvint pas à se convaincre. Il pensa alors aux images de Juifs prisonniers dans les camps de la mort et cela lui permit de redonner du sens à son acte. Il tuait une personne pour en épargner des dizaines de millions.

Bon sang, combien de temps devrait-il rester ainsi ? L'eau le brûlait, mais ce n'était pas ça qui l'alarmait le plus. La mère continuait à hurler sans discontinuer pour son enfant et contournait la table en vacillant sur ses jambes nues, le long desquelles du sang coulait abondamment. L'instinct maternel de protection, pensa David. Même si cela le répugnait, il était prêt à se servir du tisonnier pour que tout cela ne soit pas vain.

Franziska restait à l'écart, adossée contre un vaisselier, mais elle le fixait d'un air mauvais, où se lisaient l'incompréhension et le mépris. Au moment où il pensait qu'il devrait se méfier d'elle lors de l'affrontement avec la mère, il vit la domestique jeter un coup d'œil furtif derrière lui.

Il se retrouva soudain propulsé vers l'avant en même temps qu'une vive douleur éclatait à l'arrière de son crâne. Il bascula lourdement de l'autre côté du baquet et s'écroula de tout son long sur le plancher. Sonné, il pouvait à peine bouger. Des cris fusaient, de jeunes enfants pleuraient et il entendit quelqu'un – le médecin ? – exhorter Aloïs de ne pas faire ça.

Dans son champ de vision, le visage farouche d'un homme aux grandes moustaches se découpa sur le blanc du plafond. Celui-ci leva la bouilloire en l'air et l'abattit sur la tête de David qui n'eut ni le temps ni la force de se protéger avec son bras unique. Le coup fut si violent qu'un voile noir passa devant ses yeux. Il se sentit partir, retourner lentement vers le brouillard cotonneux.

Il songea tout de même au bébé. On avait sûrement dû le sortir de l'eau et il vivrait : il n'y était pas resté assez longtemps. Il était frustrant de posséder la connaissance du futur et d'avoir été impuissant à le changer.

Juste avant qu'il ne sombre dans l'inconscience, d'angoissantes questions surgirent dans son esprit. Et si son geste avait précisément contribué à forger l'Histoire qu'il connaissait ? Si le traumatisme subi par Hitler le jour de sa naissance était justement la cause de sa folie future ? David serait en réalité la source, le point de départ de toutes les atrocités de la Deuxième Guerre mondiale… Le poids de cette pensée le submergea avec tant de force qu'il s'abandonna avec gratitude dans les bras de l'inconscience.

*

— Il ouvre les yeux !

— Vous croyez qu'il a réussi ?

— Évidemment que non : je me souviens parfaitement de la Guerre et d'Hitler…

David battit des paupières plusieurs secondes sans comprendre où il était ni qui étaient les personnes qui l'entouraient dans cette petite salle aux murs blancs. Il était assis dans un grand fauteuil. Se trouvait-il dans le Shéol ? Il n'imaginait pas l'au-delà si éclairé. Il le voyait plutôt semblable à une grotte.

Le premier souvenir qui lui revint fut le bébé maintenu d'un pied au fond du bain. Il était de bien sombre augure d'arriver dans le Shéol après une tentative d'homicide sur nourrisson…

Un homme barbu avec de longs cheveux noirs et bouclés, vêtu d'un costume et d'un chapeau également noirs, à l'instar de la plupart des personnes présentes, s'approcha de lui. Sur son visage, l'ombre de la déception se mêlait à un sourire bienveillant.

— Bonjour David. Vous revenez d'un voyage dans le temps et ils ont tendance à rendre temporairement amnésique. Vous êtes en 2086, dans les bâtiments de la Congrégation de l'Effacement de la Shoah. Nous œuvrons en secret pour sauver des millions de Juifs de l'Holocauste. Pour votre deuxième tentative, nous vous avons envoyé prendre possession du corps d'un dénommé Simon Schmaltz, hébergé par la famille Hitler. Malheureusement, vous venez vraisemblablement d'échouer à tuer Adolf Hitler. Il semblerait que modifier le passé soit bien plus ardu que d'y voyager…

Des bribes de mémoire revinrent à David. Il sursauta en pensant à son bras amputé et réalisa, soulagé, qu'il était bien en place. Il leva la main et la ramena devant ses yeux pour l'inspecter : tout était normal. L'image de la bouilloire qui s'abattait sur lui apparut. Bon sang, il s'était fait fracasser le crâne par un fou furieux ! Mais comment en vouloir à cet homme ? De son point de vue, la personne qu'il hébergeait était en train de noyer son enfant…

David se rappela s'être harnaché dans le fauteuil de lancement, pris en sandwich entre les deux corolles magnétiques cuivrées qui se dressaient de part et d'autre du siège. Le haut-parleur avait égrené un compte à rebours et ceux qui l'observaient à travers la vitre de la salle de commande avaient provoqué le saut.

David parvint également à remettre quelques noms sur la haie de visages autour de lui.

—Monsieur le Rabbin, articula-t-il d'une voix blanche. J'ai essayé de le noyer, mais… C'était un petit bébé inoffensif… C'était horrible… Il me manquait un…

Il s'arrêta là, car il n'arrivait pas à exprimer l'expérience qu'il venait de vivre. Toute cette violence dont il s'était rendu coupable là-bas… Ça l'avait choqué. Il en avait la nausée. Était-ce vraiment légitime ? Il en doutait maintenant. Il se souvenait pourtant d'avoir pris la décision, avant son tout premier voyage pour 1902, de tuer Hitler adolescent quoi qu'il en coûte. Mais il avait trouvé la mort sans avoir pu approcher suffisamment sa cible. Là, pour cette deuxième expédition temporelle, il s'était résolu à supprimer le dictateur de sang-froid le jour de sa naissance. Mais il était clair désormais qu'il n'avait pu préméditer le meurtre d'un bébé que parce qu'il n'y avait pas été confronté concrètement... Il échangea un regard avec le rabbin qui semblait comprendre sa détresse.

S'il avait réussi à noyer le petit Adolf, toute l'Histoire aurait été différente. D'ailleurs, peut-être David n'aurait-il jamais existé. C'était même certain. Ses ancêtres ne se seraient jamais rencontrés après la guerre... Dans ce cas, comment aurait-il pu venir dans le passé pour tuer Hitler ?

— Peut-être la prochaine fois, il faudra envoyer un vrai dur à cuire prendre possession du corps de Simon, lança quelqu'un.

Un léger rire parcourut l'assistance. La remarque fit monter en David une vague de colère qui acheva de lui faire retrouver ses esprits.

— Ou peut-être que c'est le passé qui résiste et qu'il n'est tout simplement pas souhaitable de modifier l'Histoire, répliqua-t-il avec émotion. Si les choses avaient été différentes, nous ne serions pas qui nous sommes. Et dans cette logique-là, on trouvera toujours quelque chose à changer, à améliorer, mais sans aucune garantie sur les effets. Qui nous dit qu'on ne provoquera pas quelque chose de pire ?

Il soupira. Ça aurait été bien plus facile de les laisser dire et de rentrer chez lui que d'affronter ses condisciples qui murmuraient déjà leur désapprobation… D'autant qu'il n'avait pas la certitude que le point de vue qu'il venait d'avancer était le bon. La vie demandait parfois de faire des choix, des choix difficiles, parfois irréversibles, mais c'était aussi ces incertitudes qui la rendaient si précieuse… Et ne plus essayer de toucher au passé était un choix qu'il venait de faire. Il n'y aurait pas de troisième voyage.

— Si la mort d'Hitler avait empêché la Seconde Guerre mondiale, reprit-il, peut-être un autre conflit se serait produit plus tard, tout aussi horrible ou encore plus meurtrier avec le progrès de l'armement… Et si l'Europe ne s'était pas retrouvée ruinée face aux États-Unis et à l'URSS, elle aurait continué à dominer le monde et à y commettre des exactions… Sans l'horreur du nazisme, pas de reconnaissance officielle partout sur la planète de ce qu'est un génocide ni un crime contre l'Humanité. Pas de Guerre Froide, mais pas non plus de Neil Armstrong sur la Lune, personne sur Mars et pas de colonisation du système solaire…

— Mais personne n'a jamais marché sur Mars ! l'interrompit le rabbin en réajustant son chapeau d'un geste agacé.

David promena le regard sur les visages qui l'entouraient. Des expressions de surprise, d'amusement et de reproche s'y peignaient. Il réalisa soudain que s'il ne parvenait pas à retrouver les noms de ceux qui le scrutaient, c'était parce que la moitié d'entre eux lui étaient véritablement inconnus. Se pouvait-il que d'avoir maltraité le bébé ait malgré tout modifié des choses dans le monde ?

Une crainte violente s'empara de lui quand il se demanda si Charonna existait toujours.

FIN

Duplicate Corporation

Duplicate Corporation

Par les hautes fenêtres encadrées de rideaux bleu sombre, des flots de lumière se déversaient dans la pièce. L'enfant blond en costume gris avait fini son fromage. Deux domestiques venaient de desservir la table de banquet et de la redresser pour le dessert.

Le cœur battant sous son uniforme blanc, Suliac déposa le gâteau sur la nappe brodée recouvrant la table. Malgré la tension qui l'habitait, le jeune pâtissier ne renoncerait pour rien au monde à son projet. Il avait mis des mois à le préparer et l'avenir de sa mère en dépendait. De plus, c'était l'unique manière de payer les services des bio-trafiquants.

Il s'éclaircit la gorge :

— Monsieur Bonnefoy, bavarois à la vanille Bourbon et aux framboises Arpeggio, annonça-t-il avec mesure.

Muni d'une pelle à tarte en argent, il entreprit de couper une part de sa main gantée. Puis, il la servit dans une petite assiette en porcelaine de Sèvres, décorée de fleurs.

Le gamin le dévisageait et Suliac se demanda si celui-ci avait remarqué sa nervosité. Le petit costume et la cravate lie-de-vin portée sur une chemise blanche donnaient à l'enfant un air sévère qui tranchait avec ses sept ans. Pour Suliac, ce contraste avait quelque chose de grotesque, comme une blague de mauvais goût.

— Magnifique gâteau, Puilmanac'h... commenta le blondinet de sa voix fluette. Vous parvenez chaque fois à me surprendre. Cela fait une éternité que je n'en ai pas dégusté ! La dernière fois remonte à la réception de Duplicate Corporation pour leur bicentenaire. Vous veniez à peine de naître... Il était excellent. J'espère que je pourrai en dire autant du vôtre.

Les réflexions du petit l'irritaient, mais le jeune homme s'appliqua à respirer avec régularité pour ne rien laisser transparaître. Il posa l'assiette devant son employeur et fit un pas en arrière. Il se redressa bien droit, mains croisées derrière le dos, avec le maintien élégant exigé chez Maître Perquier, le restaurant où il avait fait son apprentissage.

— Vous pouvez disposer... dit l'enfant avec un geste négligent.

— Bien, Monsieur Bonnefoy. Bonne dégustation.

Le pâtissier partit à reculons, lentement, fixant la petite main qui s'emparait de la fourchette à dessert... coupait un bout du gâteau... la portait à sa bouche... Suliac ferma les yeux une seconde. Le responsable des problèmes de sa mère était désormais à sa merci. Enfin, un corps sur deux.

Dès qu'il eut franchi les lourdes portes de la salle à manger, gardées par deux colosses de chez Sentinel, le jeune homme se rendit dans les vestiaires pour se changer. Il vérifia machinalement que le sachet plastique et l'objet protégé dans un étui n'avaient pas quitté la poche de son blouson et prit la direction de la sortie.

Il se composa une figure souffrante pour passer le portail réservé au personnel. Depuis leur guérite, les deux gardes, assis à une petite table pour jouer aux cartes, lui jetèrent des regards étonnés : le service n'était pas encore fini en cuisine.

— Ça va, Suliac ? s'enquit l'un d'eux en s'approchant dans l'embrasure de la porte.

— Non, pas trop, j'ai mal au ventre… Je viens de voir avec l'intendante pour partir plus tôt et aller chez le médecin.

Le malade fictif les salua et continua son chemin. Les hommes lui répondirent d'un signe de main, puis reprirent leur partie. Peu importe ce que l'on penserait de lui par la suite, car, si tout se passait selon son plan, Suliac ne remettrait jamais les pieds ici.

Il se dirigea d'un pas rapide vers la gare toute proche. Le train pour la capitale partait dans vingt minutes. Maintenant que le petit clone avait mangé le gâteau, le jeune homme allait rendre visite au vieil exemplaire malade de Dominique Bonnefoy. Si les deux corps de son employeur étaient menacés de mort en même temps, il accéderait à ses requêtes.

*

Suliac sortit de la bouche du métro et leva les yeux sur l'énorme bâtisse de verre et de béton gris, à l'image du ciel d'automne. À droite, un bâtiment plus petit mais d'apparence plus moderne arborait sur sa façade le D et le C entrelacés, logo de Duplicate Corporation, la multinationale du clonage.

Une ambulance passa non loin de là, sirène hurlante. Elles défilaient comme ça toute la journée, sans discontinuer. Suliac le savait pour être venu ici de nombreuses fois. Le service des soins palliatifs occupait les trois étages du haut de l'immeuble au toit hérissé d'antennes. Là, dans une chambre du huitième, le Delta de Dominique Bonnefoy reposait, rongé précocement par un cancer des os en phase terminale : il avait à peine cinquante-cinq ans.

La lettre grecque delta indiquait qu'il s'agissait du quatrième corps. L'Alpha, l'exemplaire d'origine, était mort depuis bien longtemps, comme les deux suivants. La conscience du millionnaire prenait possession des enveloppes charnelles les unes après les autres, mais jamais plus de deux ne coexistaient à la fois. Il fallait attendre que l'un des doubles meure ou soit euthanasié, avant de cloner l'autre. Posséder trois corps en même temps s'avérait au-delà des aptitudes humaines. On racontait qu'à la naissance d'un troisième clone simultané, les gens sombraient dans un état végétatif, comme si cela faisait surchauffer leur esprit jusqu'à la rupture.

« Translocation » était le nom du processus permettant à la conscience de s'approprier le nouvel organisme, de l'englober lui aussi dans le champ de sa perception. Pour réussir à se coordonner, les néo-clonés qui venaient de réaliser leur première duplication devaient suivre une formation spéciale dispensée par Duplicate Corporation. Écrire avec un corps et manger avec l'autre ou bien mener deux conversations en même temps demandait une certaine maîtrise.

Peu après son embauche dans les cuisines du manoir, un commis avait expliqué au nouveau pâtissier que le cinquième clone de Bonnefoy était mort dans un accident d'avion huit ans auparavant, alors qu'on venait de diagnostiquer la maladie du Delta. Il s'était fait dupliquer encore une fois en espérant que le nouveau, intitulé Zêta, l'exemplaire qui logeait au manoir, atteindrait l'âge de la majorité clonale avant que la vie n'abandonne le vieux corps.

Le gamin serait majeur dans un an aux yeux de la loi, quand son organisme aurait huit années d'existence. Bonnefoy acquerrait alors le droit de mener officiellement ses affaires avec ce jeune clone et d'assurer sa charge au Parlement, bien qu'il s'agisse en réalité d'une seule et même personne.

Suliac chassa ces pensées en franchissant les portes vitrées du sas de l'hôpital et se dirigea vers le couloir des ascenseurs, sur la gauche. En ce milieu d'après-midi, le hall grouillait comme une ruche, des gens parlaient et marchaient en tout sens. Pendus au plafond, de multiples panneaux indiquaient les directions des différents services du bâtiment. À droite, de l'autre côté d'une paroi transparente, une salle d'attente et une cafétéria étaient à moitié pleines.

— Bonjour Monsieur Puilmanac'h, l'interpella soudain une voix derrière lui. Vous allez bien ?

Il pivota pour découvrir l'une des infirmières du neuvième étage. Elle avait une drôle de tête aujourd'hui, un sourire forcé plaqué sur le visage. Il la salua et confirma brièvement, sans lui retourner la politesse.

— Vous venez voir votre mère ? continua-t-elle.

Suliac acquiesça de nouveau, impatient qu'elle s'en aille.

— Bon, alors je vous verrai là-haut. Je vous laisse, j'ai à faire.

C'est au moment où elle tournait les talons qu'il comprit ce qui le dérangeait : elle venait de se faire lifter. Ça expliquait les lèvres et les coins des yeux étirés. Cette vaine tentative de lutter contre les effets du temps indiquait clairement qu'elle ne disposait pas des moyens nécessaires pour se faire dupliquer. Retendre les chairs n'était qu'un succédané de rajeunissement. La cure de jouvence des pauvres…

Suliac reprit sa marche jusqu'aux portes des cabines. Une vieille dame, emmitouflée dans un imperméable gris, attendait déjà devant. Il lui adressa un signe de tête, auquel elle répondit par un sourire. Le jeune homme sortit son terminal portable de la poche de son pantalon pour consulter l'heure : il était dans les temps, mais il ne fallait pas traîner.

Quelques secondes plus tard, un ascenseur arriva et s'ouvrit avec un tintement mélodieux. La femme y entra et sélectionna le neuvième étage sur le panneau de contrôle encastré dans une paroi. Suliac y pénétra à son tour et commanda un arrêt au huitième. La nervosité lui donnait chaud, il entrouvrit son blouson. Une palpation rapide du vêtement le rassura sur la présence de l'étui. Il s'adossa dans un coin, mains dans les poches. La porte métallique se referma et la cabine commença à s'élever.

La dame avait des cheveux blancs, une peau ridée et parcheminée, une stature voûtée qui traduisaient le poids des ans. Tous les signes extérieurs de cette vieillesse que Bonnefoy trompait depuis plus de deux cents ans. Elle ne devait pas posséder de clone. Sinon, elle aurait déjà fait euthanasier ce vieux corps depuis longtemps.

La plupart des gens fortunés se renouvelaient régulièrement, pour éviter de présenter des traces de déclin physique. Ils supprimaient le plus âgé de leurs deux organismes dès qu'il approchait de la cinquantaine, parfois avant, puis faisaient cloner celui qui restait. Ainsi, ils possédaient toujours des versions d'eux-mêmes les plus jeunes possible.

Ce procédé pouvait d'ailleurs constituer un handicap : aux dernières élections américaines, le favori avait perdu car ses deux corps étaient âgés de six et dix-sept ans. Ces apparences juvéniles n'avaient pas réussi à inspirer la confiance des grands électeurs, même si chacun savait que la conscience du candidat bénéficiait d'une expérience supérieure à cent cinquante ans.

La vieille femme arracha Suliac à ses pensées en prenant la parole :

— Je vais rendre visite à mon époux. Il est dans le coma et je lui fais écouter de la musique tous les jours. Je sais qu'il aime bien ça. Parfois, je lui fais également la lecture…

De la poche de son imperméable, elle sortit un antique livre en papier pour le faire voir à son interlocuteur. La couverture était jaunie et écornée : *Le Grand Secret*, d'un certain René Barjavel. Suliac haussa les épaules, ce nom ne lui disait rien. Lui aussi pensait que les gens plongés dans le coma pouvaient entendre leurs proches. Il parlait souvent à sa mère, mais n'avait jamais pensé à des chansons ou des histoires.

— Et vous, continua-t-elle, qui allez-vous voir ? On ne vient pas ici sans une triste raison…

Le jeune homme hocha la tête. Elle ne croyait pas si bien dire.

— Je vais voir une vieille connaissance… de ma mère. Il est très malade.

— Et vous ne lui amenez rien ?

La question évoqua spontanément à Suliac l'étui dans sa poche. Un tintement et une secousse à peine perceptibles annoncèrent l'arrêt au huitième.

—Non, je n'ai pas eu le temps. La prochaine fois, peut-être…

Il profita de l'ouverture des portes pour s'extraire de l'ascenseur et de cette conversation délicate.

— Souhaitons-lui un prompt rétablissement, alors.

La cabine se referma sur l'œil fervent de la vieille dame et Suliac se tourna vers le couloir désert. Il marcha avec résolution jusqu'à un croisement, tourna à gauche dans une longue galerie qui finissait par un angle vers la droite. Il la parcourut presque entièrement, passant sans les regarder devant plusieurs chambres. Après s'être assuré que personne ne le verrait, il risqua un rapide coup d'œil dans la portion de couloir suivante.

Le garde de chez Sentinel était bien assis sur sa chaise, à l'endroit habituel, quelques portes plus loin. Il était plongé dans la lecture d'un holozine, dont la projection luminescente dansait au-dessus de ses genoux. Rien de mieux pour absorber l'attention de quelqu'un.

Le jeune homme fit demi-tour sur une dizaine de mètres jusqu'au local technique qu'il avait repéré lors de ses visites préparatoires. Il se glissa dans la pièce sombre et referma silencieusement. Une puissante odeur de désinfectant lui agressa aussitôt les narines.

Il ne lui restait plus qu'à attendre que le garde aille se dégourdir les jambes et prendre une boisson à la cafétéria du rez-de-chaussée. Généralement aux alentours de 15 h. Suliac sortit son terminal portable et l'activa : 14 h 53. La lumière diffusée par l'appareil éclaira faiblement les produits d'entretien alignés sur une étagère ainsi qu'un robot de lavage. S'efforçant de calmer sa respiration, il rangea le terminal dans sa poche et entrebâilla la porte du réduit pour surveiller le couloir.

Il dut patienter plusieurs minutes avant d'entendre de lourdes semelles claquer sur le carrelage. Le garde massif passa devant le local technique, en direction des ascenseurs. Quand il fut certain que l'homme était loin, Suliac sortit de sa cachette. Il marcha d'un pas rapide jusqu'à la chambre 847, passant devant la chaise vide. Pour l'instant, tout fonctionnait comme prévu. Il s'introduisit dans la pièce sans bruit, malgré l'affolement de son cœur, et referma derrière lui.

*

Le ciel gris et le haut des bâtiments voisins emplissaient la fenêtre. Pour un établissement hospitalier, la pièce était spacieuse, au moins aussi grande que l'appartement de Suliac. Un lit unique occupait le centre de l'espace. D'après l'intendante du manoir, son employeur payait le prix fort pour disposer d'une chambre particulière et la comptabilité de l'hôpital se frottait les mains que cela s'éternise depuis cinq années. Le Delta était allongé, les yeux clos, une perfusion dans le bras reliée à une poche de liquide transparent, suspendue à un portant métallique.

Suliac le reconnut instantanément : il avait les mêmes traits que son clone zêta. Copie conforme, mais avec cinquante ans de plus… Pâle, les joues creuses, des cheveux poivre et sel clairsemés. Des fils électriques sortaient de sous les draps et le reliaient à des machines et des écrans. Tout en s'avançant vers le lit, le jeune homme prit l'étui dans la poche de son blouson et en sortit la seringue qu'il brandit d'une main ferme. Le mourant ouvrit les paupières et leva des yeux bleus étonnés.

— Que faites-vous ici, Puilmanac'h ? demanda Bonnefoy d'une voix faible. C'est pour ça que vous avez disparu de mes cuisines…

Sans répondre ni lui laisser le temps d'esquisser un geste, Suliac planta l'aiguille dans le bras du vieil homme, à côté de la perfusion, et pressa le piston en ignorant son cri de douleur.

— Mais qu'est-ce qui vous prend ?!

Suliac se recula d'un pas et rangea son arme dans l'étui en évitant soigneusement d'en toucher la pointe. Tendu par la colère, le jeune homme contenait une furieuse envie de frapper son vis-à-vis. Ce dernier se redressa lentement dans son lit et se massa le bras, les sourcils froncés, comprenant qu'il était victime d'une sombre machination.

— Comment êtes-vous entré ?

— Ferme-la, vieux claque-tard, c'est moi qui parle : je viens de t'injecter un virus mortel et ton Zêta en a mangé ce midi dans le bavarois. Mais j'ai un antidote. Alors, tu m'écoutes et tu l'ouvres seulement pour me répondre. Pas de cri quand le garde revient, sinon tu meurs. S'il rentre, tu lui dis que je suis un ami. Et tu ne préviens personne au manoir par l'intermédiaire du petit. Si les flics ou tes mercenaires débarquent ici, tu meurs aussi. Pigé ?

Le visage crispé, le malade hocha la tête, attendant la suite. Suliac n'avait aucun moyen de contrôle sur ce que Bonnefoy faisait avec son jeune corps à cet instant précis. Aussi, il espérait s'être montré assez intimidant. Il attrapa le fauteuil à côté de la table de chevet, le tira entre le lit et la fenêtre, et s'assit. Il affronta le regard du clone moribond, tout en rassemblant ses idées.

— Tu n'auras l'antidote que si tu m'obéis. Ce virus est un mélange de génétique et de nanotech : il s'activera très précisément dans dix mois. Je vais t'expliquer pourquoi. Si je ne te donne pas le remède d'ici là, tu crèves. Pas de clonage possible car cette maladie s'est incrustée dans ton ADN. Et si t'engages des médecins pour essayer de te soigner, le virus le détectera : il a un système d'alarme intégré à sa structure. Ça le réveillera aussitôt et il te tuera. Ne me demande pas comment, j'en sais rien. C'est une saloperie technologique, une vraie bombe à retardement ! C'est clair ?

Le Delta répondit par l'affirmative. Pourvu qu'il n'embauche pas des génies plus doués encore que le groupe déniché par Suliac dans les sous-sols du marché biotech clandestin, en banlieue nord de la capitale.

Parce que le délai d'activation laissait une certaine marge de manœuvre... Le jeune homme se bornait à répéter ce que lui avait assuré le chef des trafiquants d'un ton catégorique. Une histoire de chémorécepteurs et d'autres mots inconnus. D'après leur conversation, les gars travaillaient pour des grosses boîtes de génétique et avaient trouvé là une juteuse façon d'arrondir leurs fins de mois. Ils récupéreraient une moitié de l'argent aujourd'hui et la deuxième seulement au terme des dix mois. Ce paiement fractionné garantissait à Suliac que le maximum d'efforts avait été fait pour rendre le virus inattaquable et précis dans son timing.

Dans le couloir, un raclement de chaise signala le retour du garde.

— Bon, t'as une idée de ce qui m'amène ?

— De toute évidence, vous voulez de l'argent, Puilmanac'h.

— Toi, tu crois toujours qu'il n'y en a que pour l'argent, hein ? Je vais t'en prendre, c'est sûr, mais ce n'est pas la raison principale de ma présence ici.

Le vieil homme resta muet.

— Allez, j'te donne un indice : Élisa Bernasco. Ça ne te dit rien ?

Bonnefoy fronça les sourcils quelques secondes :

— Si, c'était la mère-porteuse de mon Zêta, il y a sept ans. Quel rapport avec vous ?

— Tu sais où elle est aujourd'hui ?

— Non. L'accouchement s'est mal passé et les médecins de Duplicate Corporation ont donné priorité au bébé, comme les clauses du contrat le stipulaient.

— Donc t'as aucune idée de ce qu'elle est devenue…

— Non. À l'époque, elle avait été déclarée inapte à poursuivre son travail. Mais je ne me rappelle pas des détails concernant la suite de l'intervention, je commençais ma première chimiothérapie… Je crois que les médecins et leurs robots sont finalement parvenus à juguler son hémorragie. C'est mon assistant qui l'avait fait remplacer pour la suite du contrat, l'allaitement du bébé et les soins de la prime enfance.

— Ça veut dire que tu ne t'es même pas soucié de savoir ce qui lui était arrivé… Hé bien, je vais te le dire : elle est dans le coma depuis ce jour-là ! Sous-oxygénation prolongée du cerveau. Quant à moi, je suis son fils. On ne porte pas le même nom, car elle ne s'est jamais mariée avec mon père. Alors, quoi qu'en dise ton contrat, j'exige réparation pour elle et pour ma famille. Au nom du préjudice causé par tes agissements pour rester éternel.

Le jeune homme se serait démené jusqu'à ce qu'un tribunal reconnaisse leur statut de victimes et les fasse indemniser. Malheureusement, un texte inattaquable encadrait cette profession un peu spéciale et il n'existait aucun cas de jurisprudence dans lequel un employeur avait été condamné. Pour que justice soit rendue, il n'avait pas vu d'autre solution que de s'en charger lui-même.

La vieille version de Dominique Bonnefoy resta quelques instants à toiser celui qui lui faisait face.

— Et puis-je savoir ce que vous souhaitez comme compensation, Puilmanac'h ?

— C'est tout ce que ça te fait ? Même pas d'excuse ! C'est le bon moment pourtant : moi, je t'expose de quoi t'es responsable, et toi, tu restes là, tout froid, sans cœur. Tu t'en fous, en fait... Sale clonard ! Ton fric et ton pouvoir t'aveuglent, tu t'rends même pas compte que tu vis aux dépens des autres. T'es un parasite, une sorte de vampire !

Suliac ne comprenait pas que cet homme n'éprouve même pas une once de remords devant la souffrance causée. Ou à l'inverse, un minimum de reconnaissance pour ces femmes qui rendaient possible la translocation, ce que, mystérieusement, aucun utérus artificiel ne permettait. Il fallait une matrice humaine, un lien de chair véritable pour que la conscience s'incarne dans le bébé clone.

— Voyez-vous cela... Comme il est facile de jeter la pierre pour qui voit les choses de l'extérieur, Puilmanac'h. Vous vous comporteriez sans doute autrement si vous aviez les moyens de vous offrir une translocation et d'échapper à la promesse de la mort. C'est inscrit dans nos gènes à tous : nous voulons survivre à tout prix ! Vous non plus, vous n'hésiteriez pas à recourir aux services d'une mère-porteuse pour vous dupliquer. De plus, personne ne les force à signer et elles sont généreusement payées. Si ma mémoire est bonne, c'est d'ailleurs cet élément qui avait motivé votre mère à…

Le sang de Suliac ne fit qu'un tour :

— Ta gueule ! cria-t-il en se levant de son siège pour empoigner Bonnefoy par le col de sa chemise et le secouer.

Il n'allait pas laisser cet homme insulter sa mère en lui prêtant des intentions vénales. Mais le garde du couloir entra précipitamment dans la chambre, en braquant son pistolet sur l'agresseur. Cependant, il hésita à tirer, car ce dernier était de l'autre côté du lit et son client se trouvait dans la ligne de mire.

— Lâchez-le ! Tout de suite !

Suliac obtempéra, mais déjà le malade levait une main apaisante.

— Tout va bien, Monsieur. Mon jeune ami ici présent et moi-même avons simplement une discussion passionnée. Veuillez retourner à votre poste, je vous prie. Et vous veillerez à ne plus le quitter inopinément en dehors des horaires que vous a assignés Sentinel. Je paie votre compagnie assez cher pour ça.

— Entendu, Monsieur Bonnefoy, fit le garde en coulant un regard sombre vers celui qui avait déjoué sa vigilance.

Et il sortit de la pièce. Le jeune homme se rassit et resta silencieux plusieurs secondes. Pour parvenir à ses fins, il ne devait plus se mettre en colère de la sorte.

L'avenir dépendait de cette entrevue. Ce fut le Delta qui reprit la parole :

— Bien, mon cher Puilmanac'h, où en étions-nous ? Vous m'expliquiez la situation tragique de votre pauvre mère et je compatissais à votre souffrance. Mais que voulez-vous que j'y fasse ? Je ne suis pas médecin et, tout fortuné que je sois, il n'est pas en mon pouvoir de la faire sortir du coma.

— Non, mais t'as assez d'argent pour payer son clonage et sa mère-porteuse. Tu es l'un des actionnaires de Duplicate Corporation. Vu leur succès, ça doit bien rapporter.

— Tiens, tiens, Puilmanac'h, un clonage pour votre mère… C'est bien ce que je disais avant l'intervention de notre ami : avec l'argent nécessaire, vous êtes prêt à utiliser les mêmes méthodes que moi. Cela ne vous a jamais effleuré que vos intentions étaient paradoxales ? Et que ferez-vous pour la porteuse s'il y a des complications au moment de l'accouchement ?

Suliac avait évidemment envisagé cette possibilité, même si la tragédie qui avait touché sa mère était rarissime. Un cas sur des milliers. Cependant, le corps humain restait imprévisible. En cas de problème, la priorité serait donnée à la mère-porteuse et il n'y aurait qu'à recommencer le processus de duplication. Même si cette opération coûtait horriblement cher, une vie humaine vaudrait toujours plus que n'importe quelle somme d'argent.

L'arrogance du mourant, identique à celle qu'employait le gamin au manoir, avait le don d'irriter Suliac. Aussi, il décida de tempérer ses ardeurs pour ne pas rentrer dans son petit jeu.

— J'ai rien à te justifier, j'ai ma conscience pour moi. Et arrête avec tes grands airs, à m'appeler par mon nom de famille, ça fait vraiment méprisant !

Il reprit son calme avant de continuer.

— Maintenant, je veux que tu demandes à Duplicate Corporation de préparer les papiers pour cloner ma mère. J'ai amené des cheveux à elle, dit-il en sortant le sachet plastique de son blouson.

Bonnefoy considéra avec perplexité ce que son interlocuteur lui montrait.

— Vous lui avez prélevé des cheveux exprès pour ça ?

— Oui, et je vais attendre ici jusqu'à ce que le contrat soit prêt à être signé. En plus de payer ce clonage, tu feras deux virements : un million d'euros sur mon compte et cent mille sur celui d'une de mes relations. Je vais te donner les références bancaires.

Dans dix mois, Suliac n'aurait plus qu'à transférer cent mille euros de plus aux bio-trafiquants pour finaliser son paiement, si tout fonctionnait comme prévu avec le virus.

Le Delta resta songeur quelques instants.

— Pour quelqu'un qui dispose du pouvoir de me tuer, je ne vous trouve pas très gourmand. Un seul petit million… Vous devez pourtant avoir une vague idée du montant de ma fortune. Je présume que c'est votre désintéressement à des choses matérielles telles que l'argent ? À moins que vous ne manquiez simplement d'ambition.

Suliac ignora la provocation et lui désigna d'un geste la table de chevet avec le terminal fixe posé sur sa base, à côté des roses.

— Tu les appelles, et pas de mauvais plan, hein ?

— Je ferai selon vos désirs.

Le vieil homme paraissait fatigué, mais il s'exécuta en attrapant l'appareil pour le poser sur ses genoux. Au sein de l'organigramme scintillant qui s'éleva devant lui, il toucha du doigt le logo de la compagnie qui détenait le monopole du clonage. Il demanda au standard de parler à un humain, puis insista auprès de cet humain pour pouvoir s'entretenir avec le docteur Von Borghem en personne.

Quand le buste de celui-ci apparut une minute plus tard dans la projection lumineuse, il salua chaleureusement Dominique Bonnefoy. Manifestement, les deux hommes se connaissaient. Le médecin refusa dans un premier temps de leur rendre visite, expliquant qu'il était trop occupé dans son laboratoire. Mais le Delta argua qu'il avait une demande spéciale à lui adresser, une demande dont dépendait leur future collaboration. Le praticien accepta alors de se déplacer. Il mentionna néanmoins un délai d'une demi-heure, le temps de prélever du matériel génétique dans le cerveau d'un patient, puis de faire le trajet depuis le bâtiment voisin.

*

Suliac employa cette attente pour contraindre le malade à se connecter à ses comptes bancaires *via* le terminal fixe de la chambre. Il l'obligea à vider tout ce qui pouvait l'être et à vendre pour plus d'un million et demi d'euros de titres boursiers. Il avait bien réfléchi : disposer du double s'avérerait utile. Et la valeur du portefeuille de Bonnefoy avait à peine baissé : le premier chiffre était resté le même. Suliac le regarda faire, très peu familier de cet univers. Puis, le vieil homme transféra ces liquidités sur l'un de ses comptes courants.

— Il va falloir attendre plusieurs minutes pour que la somme apparaisse, indiqua l'homme d'affaires. Nous pourrions discuter un peu pendant ce temps. Vous connaissez Paul Valéry ? Non, bien sûr… C'était un poète du XXe siècle qui a déclaré : « De même que les hommes ont besoin de changer de vêtements, les idées ont besoin de changer d'hommes. » Je trouve cette assertion totalement absurde. Voyez-vous, rien ne peut rendre meilleur service à l'humanité que des dirigeants qui voient et vivent au long terme, qui ont le temps de prendre du recul et de mettre en application leur vision de la société, pendant que ceux qui…

Mais Suliac n'écoutait déjà plus son baratin, le regard fixé sur ses chaussures. Bonnefoy continua à deviser sur son œuvre au Parlement, en rafraîchissant régulièrement l'hologramme projeté par le terminal posé sur ses genoux. Il était étrange de voler quelqu'un qui semblait n'y accorder aucune importance. De fait, cela ne ressemblait pas vraiment à du vol. Le jeune homme aurait sans doute pu obtenir encore plus d'argent, mais la somme lui paraissait déjà tellement énorme… Deux millions. Jusqu'où le millionnaire serait-il resté aussi indifférent, en usant de ce ton sympathique ?

Enfin, les fonds furent disponibles. Le Delta effectua les virements vers les deux comptes indiqués, éteignit le terminal et le reposa sur son socle.

Quelques instants plus tard, le docteur Von Borghem frappa à la porte de la chambre. Les tempes grisonnantes, il avait une allure svelte mais semblait préoccupé. Il devait sûrement se demander ce qui lui valait un tel dérangement. Bonnefoy fit les présentations, désignant Suliac comme un ami.

— Dites-moi, Von Borghem, Monsieur Puilmanac'h a une demande un peu spéciale et très urgente. Il souhaite pour cela faire appel aux services d'un clonicien compétent, alors j'ai naturellement pensé à vous.

— Monsieur Bonnefoy, je suis touché que vous m'accordiez votre confiance depuis tant d'années. Je ne peux que me féliciter de notre collaboration.

— Si je compte bien, en treize ans, vous avez déjà réalisé deux clonages pour moi : mon regretté Epsilon et mon Zêta actuel. Sans compter celui que nous avons programmé pour l'année prochaine, aussitôt que le Zêta aura la majorité clonale et que nous pourrons euthanasier ce corps-ci.

Le malade se désigna d'un geste las.

— C'est exact, Monsieur, reprit le clonicien.

— Je suis certain que malgré votre planning chargé, il vous sera possible de trouver une place pour mon ami entre deux patients la semaine prochaine, n'est-ce pas Von Borghem ? Vous nous rendriez à lui et moi un fier service, ainsi qu'à vous par la même occasion. Car je saurai vous en être reconnaissant, notamment à travers le financement dont nous avons convenu pour votre future translocation…

Suliac devina une menace voilée dans ces paroles, en apparence amicales. Le Delta devait avoir en tête les dix mois restant avant l'activation du virus. Il n'y avait pas de temps à perdre, effectivement. Le médecin hocha la tête avec un sourire forcé.

— Ça ne va pas être facile pour moi d'organiser le travail de mon équipe, mais je vais vous trouver ce créneau.

— Merveilleux, Von Borghem, voilà qui est entendu ! Toutefois, le clonage dont il est question ne concernera pas personnellement Monsieur Puilmanac'h. Il souhaite que vous cloniez sa mère, actuellement dans le coma, à partir de l'échantillon de cheveux que mon ami a en sa possession.

Suliac agita le petit sachet devant lui. Pendant quelques secondes, le regard hésitant du clonicien passa tour à tour sur les deux personnes qui lui faisaient face.

— C'est d'accord. Un clonage à partir d'ADN capillaire pour la semaine prochaine…

— À la bonne heure ! s'exclama Bonnefoy. Nous aurions aussi besoin que le contrat soit préparé immédiatement, afin que mon ami puisse le signer aujourd'hui même. Il doit nous quitter bientôt et ses journées sont très chargées. Il ne pourra sans doute repasser que pour la sélection de la mère-porteuse. Et c'est moi qui prends en charge tous les frais de cette opération.

— D'accord, mais y a-t-il un mari ou des ascendants ? Dans un cas de coma, ils auraient légalement le pouvoir de s'opposer à l'opération.

Le visage de Suliac s'assombrit, tandis qu'il faisait non de la tête.

— Mon père est mort, mentit-il en braquant un regard noir sur le vieil homme. Et mes grands-parents aussi.

Le millionnaire ne manquerait sans doute pas de faire vérifier ces informations par la suite. Mais dans l'immédiat, cela n'avait pas importance.

— Ah… fit le médecin. De plus, pour établir la filiation, il faudra me fournir votre carte ADN ainsi qu'un acte complet de naiss…

— Ne nous embarrassons pas de considérations administratives ennuyeuses, l'interrompit Bonnefoy. Je vous ai dit que mon ami n'avait que peu de temps. Monsieur Puilmanac'h, pourriez-vous indiquer votre nom complet ainsi que celui de votre mère au Docteur Von Borghem, s'il vous plaît ? Cela suffira pour établir les documents.

Suliac s'exécuta, soulagé que tout se soit passé aussi facilement, et le médecin prit congé en promettant qu'un de ses assistants leur porterait le contrat au plus vite.

— À propos, jeune homme, sachez que là où j'ai fait mes études, il y a bien longtemps, appeler une personne par son nom de famille était une marque de respect entre condisciples. En outre, je ne me considère pas comme un monstre insensible : vous ignorez sans doute que j'emploie une partie de mon argent à aider mon prochain. Et je vous aurais peut-être donné ce que vous vouliez, si vous m'aviez expliqué les choses calmement. Rien de bon ne peut résulter des manières que vous avez employées. Vous auriez pu vous épargner les complications futures et la préparation de votre attaque virale…

L'interpellé l'ignora, décidé à attendre le contrat en silence sans répondre à ce genre de leçon moralisatrice ni se laisser déstabiliser. Il ne souhaitait pas perdre une nouvelle fois son sang-froid avec le mourant, cela lui aurait fait trop plaisir. Dans cette histoire, ce n'était pas lui qui avait du sang sur les mains, qui n'avait pas levé le petit doigt pour la porteuse d'un de ses clones.

Quant au futur, Bonnefoy évoquait sûrement les difficultés que rencontrerait Suliac pour livrer l'antivirus sans se mettre en danger, mais le jeune homme se sentait confiant, la procédure était au point. Le produit resterait en sécurité dans un coffre jusqu'au dernier moment et il avait déjà planifié son départ du pays dès que sa mère serait née. Ressuscitée était d'ailleurs un terme plus approprié.

Finalement, un homme en blouse blanche frappa à la porte, un quart d'heure plus tard, et produisit une feuille numérique, dont le cadre noir portait les initiales entrelacées de Duplicate Corporation. Après une relecture attentive, Suliac put mettre fin à cette longue attente en signant le contrat avec le stylet tendu par l'employé de la multinationale. Il fournit également son numéro de terminal pour qu'on puisse le joindre. Le millionnaire parapha ensuite un autre document l'engageant à s'acquitter des honoraires.

L'assistant du docteur Von Borghem expliqua succinctement les étapes du clonage : le prélèvement d'ADN dans les racines des cheveux fournis, l'injection de ce matériel génétique dans les noyaux d'un lot de cellules-œufs artificielles, leur mise en culture afin de déterminer la plus viable, l'implantation de celle-ci dans l'utérus de la mère-porteuse sélectionnée, le développement de l'embryon pendant neuf mois comme n'importe quel enfant conçu naturellement, les examens médicaux périodiques de la porteuse et du bébé pour détecter toute anomalie…

— Nous vous contacterons pour que vous puissiez rencontrer les candidates au rôle de mère-porteuse et en choisir une. Vous pourrez lui faire part de vos consignes en termes d'hygiène de vie : alimentation, médication, compléments à la grossesse, thérapies, lieu d'habitation, activités physiques… Le contrat qu'elle signera l'engagera à vous obéir selon les termes conclus.

Puis, il s'en alla. Tout cela était assez familier pour Suliac, restait juste à trouver une femme qui accepterait de quitter le pays après l'accouchement. Il se rappelait que sa mère avait dû se conformer à un grand nombre d'obligations concernant son mode de vie pendant la grossesse. En premier lieu, elle avait été forcée de quitter le domicile familial pour vivre dans un palace avec domestiques et cuisiniers. On racontait que certains riches menaient la vie très dure à leurs mères-porteuses, les contraignant au végétalisme hyperprotéiné, à de la musique classique toute la journée et à une vie campagnarde isolée. Tout cela pour donner au bébé clone les meilleures conditions de développement intra-utérin.

Le jeune homme se sentait ravi : la procédure pour offrir une seconde vie à sa mère était en marche ! Qu'est-ce qu'elle serait heureuse de renaître, de retrouver la pleine possession de son corps. Un corps d'enfant certes, mais en parfait état de marche. Et puis elle grandirait. Cela s'avèrerait sûrement étrange d'être plus grand que sa propre mère ! Il lui avait si souvent murmuré à l'oreille qu'il la sauverait de sa prison de chair, s'imaginant qu'elle l'entendait de l'intérieur, qu'elle espérait silencieusement la réussite de ce projet un peu fou… Et ça allait devenir réalité.

Le moment de s'en aller approchait. Suliac se tourna vers le Delta qui le fixait d'un regard amusé.

— Vous êtes satisfait, n'est-ce pas, mon jeune ami ?

— J'suis pas ton ami, vieux claque-tard, riposta Suliac. N'oublie pas que j'ai le pouvoir de te laisser mourir. Je te recontacte dans un peu moins de dix mois, après l'accouchement, quand je serai sûr que la petite est en bonne santé et apte à quitter le pays. Alors, je te donnerai l'antivirus. Mais si tu tentes la moindre action contre moi, ma mère, la porteuse ou l'un de mes amis, adieu l'antidote. Je suis très sérieux, aucun chantage ne marchera.

Bonnefoy se contenta de hocher la tête silencieusement. Un petit sourire étirait ses lèvres. Au moment où Suliac posait la main sur la poignée pour quitter la chambre, le vieil homme ajouta :

— Vous transmettrez mes amitiés à votre mère. Enfin… si elle se souvient de moi.

Suliac le toisa froidement, se demandant s'il s'agissait d'une forme d'humour. Il décida de l'ignorer et sortit. Le garde qu'il avait berné une heure et demie plus tôt leva les yeux de son holozine people et lui jeta un regard assassin. Devant lui, la projection miniature d'une starlette répondait aux questions d'un journaliste.

Le jeune homme prit le chemin de la sortie le cœur léger. Désormais millionnaire, il se sentait libre d'aller où bon lui semblait. Ce qui était certain, c'est qu'il ne retournerait pas au travail le lendemain.

Une dernière chose devait être accomplie : maintenant qu'il disposait des moyens financiers nécessaires, il lui fallait déménager sa mère pour la mettre à l'abri dans une clinique privée qui garantirait son anonymat. La laisser à l'étage du dessus aurait été trop dangereux : Bonnefoy ne tarderait pas à mener une enquête sur son agresseur et ses proches, à la recherche d'un moyen de pression pour obtenir le remède. S'il n'avait pas déjà commencé, à l'instant même où Suliac quittait sa chambre.

Le processus de translocation ne se finalisait vraiment qu'entre la quinzième et la vingtième semaine de grossesse. Le jeune homme se sentirait rassuré seulement quand il aurait constaté de ses propres yeux que la conscience de sa mère résidait effectivement chez le nouveau-né. Elle serait alors sauvée. Ensuite, Suliac pourrait ordonner que l'on débranche l'organisme plongé dans le coma.

Dans l'immédiat, il allait disparaître de la circulation avec la mère-porteuse aussitôt après la fécondation *in vitro*. Le contrat obligerait la femme à le suivre dans la cachette qu'il avait préparée, en attendant de remettre l'antivirus au millionnaire. Puis, ils quitteraient le pays avec de fausses puces d'identité : le chef des bio-trafiquants lui avait fourni un contact.

*

Venu des montagnes grises qui barraient l'horizon, un vent frais agitait les bouquets d'herbes à moitié sèches s'étalant à perte de vue sur le plateau. Suliac promena son regard sur le paysage paisible. L'Argentine lui plaisait.

Il rajusta le col de son poncho en laine. C'était la vieille Magdalena qui le lui avait confectionné après la tonte de son troupeau d'*alpagas*. En récompense de son aide pour tenir les bêtes pendant qu'elle maniait la lame du rasoir. L'hiver s'annonçait rude et il s'estimait content d'avoir ce vêtement chaud et confortable. Même s'il se trouvait en mesure de s'en acheter des milliers, celui-ci représentait une part de l'affection qui le liait dorénavant à la veuve. Elle le lui avait offert avec bon cœur malgré le peu de richesses dont elle disposait.

Suliac avait proposé de lui donner de l'argent, suffisamment pour la mettre à l'abri du besoin et du labeur à accomplir dans sa ferme. Elle aurait pu engager un ouvrier et se ravitailler au *pueblo* voisin dans la vallée. Mais Magda avait refusé, avec une réponse qui correspondait au dicton : « L'argent ne fait pas le bonheur. »

Pour le jeune homme, il pouvait cependant y contribuer. Même s'il devait bien reconnaître que, jusque-là, sa nouvelle fortune ne l'avait pas rendu plus heureux. Aussi, il essayait de s'inspirer de la bonne humeur et du détachement dont la vieille femme faisait preuve face aux aléas de la vie, chaque fois que les limaces s'abattaient sur son carré de *havas*, ou quand le toit de la grange s'était effondré – sans blesser quiconque, fort heureusement. Depuis quelques mois qu'il avait acheté la propriété voisine, vivre à son contact apaisait l'ancien citadin. Leurs discussions l'aidaient progressivement à prendre du recul sur les évènements passés.

Ses pensées revinrent encore une fois vers Bonnefoy. Était-il vraiment heureux ? Suliac avait lu que la peur de la mort devenait maladive chez les clonés, beaucoup plus forte que pour le commun des hommes. Certains devenaient complètement paranoïaques. Au final, une immortalité qu'il fallait renouveler sans cesse, qui ne serait donc jamais complètement acquise, s'avérait peut-être encore pire que la certitude définitive de mourir un jour…

Le jeune homme se demandait en quoi être immortel pouvait changer notre perception de la vie. On avait tout le temps devant nous. Était-ce agréable, jouissif, ou bien les choses perdaient-elles tout intérêt ? À la longue, ne risquait-on pas de s'ennuyer ? Et comment considérer les gens, les proches, les collègues ? Sachant que s'ils n'accédaient pas à la translocation grâce au clonage, ils deviendraient inexorablement séniles et malades, avant d'être relégués au rang de poussière et de souvenir… Les instants vécus avec eux étaient-ils ressentis comme encore plus précieux parce que fugaces, ou bien se ternissaient-ils, dilués par le nombre de personnes rencontrées ? Finissait-on par se sentir seul ?

En faisant des recherches sur internet, Suliac était tombé sur une citation d'un certain Woody Allen, qui avait déclaré, non sans malice : « L'éternité, c'est long, surtout vers la fin. » Quel sens les immortels trouvaient-ils à vivre ainsi parmi des êtres éphémères ? À moins qu'ils n'éprouvent un plaisir particulier à se réunir entre eux, à célébrer leur victoire sur le temps qui passe. Ou à se féliciter des fonctions importantes qu'ils exerçaient généralement et qui leur permettaient « de mettre en application leur vision de la société », comme l'avait déclaré le Delta de Bonnefoy.

— ¡ *Suliac !*

Magda prononçait « Souliac ». Il abandonna sa contemplation des montagnes pour tourner la tête vers le lit du ruisseau au bord duquel elle se trouvait, à une dizaine de mètres de là. La vieille femme en poncho avait déjà ramassé un gros bouquet d'*allaras*, dont les feuilles serviraient à aromatiser les *papalisas*. Lui n'en avait que quelques brins dans les mains. Elle le regardait d'un œil soupçonneux bordé de rides.

— *¿ Sigues pensando en el viejo Europeano, no ?*
— *Correcto, abuela.*

Elle arrivait toujours à déchiffrer l'expression de son visage quand il ruminait le passé.

— *Dejalo tranquilo, puès...*

Magda lui répétait souvent d'arrêter de penser à Bonnefoy. Il ne le traitait plus de *pendejo* devant elle. C'était la première insulte qu'il avait apprise en arrivant ici. Elle disait qu'on devait témoigner du respect à chacun, peu importe les méfaits commis. Il lui avait seulement expliqué qu'un vieil homme d'Europe leur avait causé beaucoup de tort et qu'ils étaient partis à cause de cela. Peut-être lui raconterait-il toute l'histoire un jour où ils ramasseraient des plantes sauvages tous les deux.

— *Mejor que vengan comer a casa esta sera, p'a cazar estos malos pensamientos.*

Ils échangèrent un sourire complice et Suliac lui adressa un signe d'assentiment. Il appréciait la cuisine simple de la vieille femme et les soirées passées auprès de l'âtre à regarder danser les flammes.

Elle avait raison : cela ne servait à rien de ressasser sa colère contre cet homme. Il l'avait compris maintenant. Il aurait simplement dû être plus méfiant et mieux renseigné. Cela lui aurait épargné les déconvenues des derniers mois. Mais comment aurait-il pu se douter ?

— *Bueno, ya volvemos*, l'enjoignit Magda.

Elle rangea les *allaras* dans un sac en tissu et prit le chemin du retour. Sur le sentier bordé d'herbes sèches, Suliac songea à ce qu'elle lui répétait souvent : « Nous cherchons tous la même chose : nous sentir bien. Même si nous employons des moyens très différents pour y arriver. » Au final, Bonnefoy n'avait cherché que ça, et c'était bien son droit le plus fondamental. Quoi qu'il ait fait et quelle que soit son insensibilité face au tort causé, il ne méritait pas que son agresseur lui témoigne autant de haine. Le virus aurait été bien suffisant pour obtenir réparation. Surtout que les insultes et la violence à l'encontre du Delta ne l'avaient pas débarrassé de sa colère.

Grâce aux discussions avec Magda, Suliac parvenait maintenant à envisager le point de vue de Bonnefoy. Le jeune homme constituait une agression extérieure alors que le millionnaire se sentait dans ses droits par rapport aux termes du contrat. Il avait donc trouvé légitime de se venger pour rétablir une sorte d'équilibre.

De la même façon qu'on écrase un moustique parce qu'il pique et cause une démangeaison. Suliac se disait parfois que si cet insecte, omniprésent ici, prélevait du sang sans que ça gratte ensuite, il se laisserait piquer volontiers, car ce cadeau au moustique ne lui coûterait rien. Que représentait une goutte de sang ? S'il avait demandé l'argent et le clonage sans violence, Bonnefoy aurait peut-être mieux réagi, comme il l'avait prétendu. Mais cela resterait impossible à vérifier…

Ils approchaient de sa ferme, un corps de plusieurs bâtiments en pierre qui s'étalaient sur une cinquantaine de mètres. Dès les premiers jours de leur arrivée, il avait restauré lui-même le toit de chaume, en suivant les indications de Magda, et travaillait actuellement à la réfection des murs d'une écurie. Il espérait pouvoir bientôt y accueillir ses propres chevaux. Dès lors, les bêtes l'aideraient à labourer ses terres et à y cultiver l'une de ces variétés de maïs anciennes adaptées à la haute altitude. La technique traditionnelle des Andes qu'il était résolu à suivre consistait à associer la céréale avec des courges et des haricots rustiques. Les trois sœurs amérindiennes. Hors de question d'opter pour des OGMs brevetés.

Suliac et la vieille femme n'avaient pas échangé un mot pendant leur courte marche. Il appréciait le silence et les sourires de Magda. Cette rencontre était une chance. Sa vie avait décidément pris une orientation inattendue…

De loin, il aperçut Aurélie dans la cour, assise sur un tabouret à plumer une poule, sous l'œil attentif des autres volailles. Une vague de tendresse l'envahit quand, à leur approche, elle leva la tête et leur sourit. La mère-porteuse d'Élisa avait décidé de rester avec eux comme une vraie maman et une vraie femme… Neuf mois de grossesse passés ensemble et une fuite à l'autre bout du monde, ça tissait des liens.

Malgré les dangers qui les avaient menacés, elle se trouvait satisfaite de laisser derrière elle un passé désagréable. Aurélie s'était engagée dans cet emploi bien payé afin de constituer un pécule pour partir. C'était de toute façon la seule candidate à accepter de devoir quitter le pays après l'accouchement. Et pendant l'entretien d'embauche, quelque chose s'était produit entre eux, Suliac en avait eu des bouffées de chaleur…

Son ventre s'arrondissait de nouveau, pour le plus grand bonheur de son compagnon. Tous deux appréciaient le calme et le grand air de la montagne, loin de l'agitation de la civilisation. L'achat de la ferme était un projet commun. À la longue, cette vie de famille simple et paysanne finirait bien par panser les blessures du cœur de Suliac.

Il s'avança vers sa femme et se pencha pour l'embrasser. La petite Élisa fit son apparition dans l'embrasure de la porte et vint se pendre au cou du jeune homme en riant. Une légère brise agitait ses cheveux aux reflets dorés de l'enfance. Puis, elle partit d'une démarche incertaine vers les poules qui s'enfuirent. La fillette de deux ans poussa de petits cris de joie en les poursuivant. Ce spectacle ravit les deux amoureux ainsi que Magda, restée en retrait.

Le jour commençait à décliner. La vieille femme leur adressa un signe de la main et poursuivit sa route.

— *¡ Nos vemos en un ratito, p'a comer a casa !*

Élisa riait et arborait toujours un grand sourire, le même que sur les vieilles photos de famille laissées derrière eux… Désormais, plus question de retourner les chercher. Pas envie d'attirer l'attention de Bonnefoy sur eux, alors qu'ici, au fin fond des plateaux sauvages d'Argentine, personne ne viendrait les ennuyer. Suliac en était sûr, il avait pris suffisamment de précautions pour ça.

Il s'était douté assez vite que quelque chose clochait. Dès le jour de la naissance, en fait. Élisa n'interagissait pas avec lui à la manière des clones ordinaires, pleinement habités par la conscience et les connaissances du modèle original, même si toutes les fonctions corporelles n'étaient pas d'emblée opérationnelles. En plongeant son regard dans les yeux de la petite, Suliac n'y avait pas perçu la présence de sa mère. Elle aurait dû répondre à ses questions par des cris et des gestes, exprimer qu'elle le reconnaissait comme étant son fils et manifester la gratitude d'accéder à une nouvelle vie. Mais non, le nouveau-né avait tout d'un bébé ordinaire.

Le personnel soignant de la clinique où Aurélie avait accouché ne comprenait pas non plus pourquoi la translocation ne s'était pas effectuée. Dans un premier temps, le jeune homme avait suspecté le coma prolongé d'avoir endommagé la conscience de sa mère, mais internet regorgeait d'exemples prouvant que le processus pouvait avoir lieu malgré ces circonstances.

Finalement, après bien des recherches, c'est par un de leurs anciens cloniciens, qui avait démissionné à cause du manque de déontologie de Duplicate Corporation, que Suliac avait découvert un secret bien gardé de la firme. Un secret qui leur permettait de conserver leur monopole et que protégeait une clause de confidentialité signée par tous les employés. Mais, vraisemblablement touché par les mésaventures de la famille Puilmanac'h, le praticien avait choisi de divulguer cet élément. Pour que la translocation se produise, il fallait effectuer le clonage à partir de cellules du cerveau. Le médecin prétendait qu'il s'agissait de la preuve que cet organe était le siège de l'âme.

Les cheveux ne s'avéraient d'aucune utilité dans ce phénomène. En réalisant qu'il s'était fait duper, la colère avait envahi Suliac. Il s'était alors rappelé du petit sourire de Bonnefoy et de ses dernières paroles, à propos de saluer sa mère si elle se souvenait de lui. La phrase du Delta, énigmatique ce jour-là, prenait tout son sens.

Tout comme l'absence de résistance de Von Borghem à accepter ce clonage en urgence. Bien sûr, le vieil homme avait menacé de ne pas financer la translocation du médecin, mais ce dernier n'avait manifesté aucune surprise à la vue du sachet de cheveux. Or, de par sa profession, il était nécessairement au courant et aurait dû au minimum s'étonner de ce matériel génétique inadapté. À force de repasser la scène dans sa tête, Suliac en était arrivé à la sombre mais logique conclusion que Bonnefoy avait dû passer un second coup de fil à Von Borghem, par l'intermédiaire de son Zêta… Le praticien, prévenu de l'erreur du jeune homme, aurait eu pour consigne de rester discret et souriant, et de se conformer à ce qu'on allait lui demander.

Suliac n'avait donc pas repris contact avec le millionnaire pour la remise de l'antidote. En proie à sa colère, il se disait que le virus se chargerait de faire justice et de mettre un point final à toute cette histoire. Ils étaient restés cachés encore trois semaines en attendant que le bébé soit en état de voyager. Il avait réglé les fausses puces d'identité au contact fourni par le chef des bio-trafiquants et effectué le deuxième versement de cent mille euros pour le virus. Suliac et ses deux compagnes avaient alors pu quitter le pays pour gagner l'Amérique Latine.

C'est en arrivant à Buenos Aires qu'il avait trouvé sur internet la récente série d'articles de la presse people au sujet de Bonnefoy, vraisemblablement à cause d'une fuite parmi le personnel du manoir. Ces renseignements l'avaient aidé à déchiffrer ses agissements. « Un millionnaire perd ses deux clones et redevient un enfant sous tutelle ! »

Le Delta avait été euthanasié juste après leur entrevue et Bonnefoy s'était immédiatement fait dupliquer à partir d'un lot de cellules saines congelées – des cellules cérébrales, mais la presse ne le mentionnait pas. Il avait eu l'intelligence d'en faire prélever sur ses clones à des fins de sécurité, peut-être dès leur naissance… Le Zêta, quant à lui, était mort des conséquences du virus quelques jours avant leur débarquement en Argentine. Il avait préféré sacrifier ses deux corps contaminés plutôt que de se plier à un chantage pour obtenir l'antidote.

Il se promenait aujourd'hui dans le corps d'un enfant de deux ans à peine, le même âge qu'Élisa, pendant qu'un huitième exemplaire était en gestation dans le ventre d'une nouvelle mère-porteuse. Suliac se souvenait que dans l'alphabet grec, après Zêta, venaient les lettres Êta puis Thêta. Et ces clones ne seraient sûrement pas les derniers, à moins qu'un cataclysme nucléaire ne rase l'Europe tout entière…

Bonnefoy avait été contraint de confier temporairement la direction de ses affaires à un tuteur et d'abandonner sa charge au Parlement. Il lui faudrait attendre que le plus âgé de ses doubles atteigne la majorité clonale, dans six ans. Mais après tout, il avait l'éternité devant lui…

Depuis ces découvertes, Suliac alternait entre des périodes de rumination intense, surtout contre lui-même, et des moments d'apaisement. Il faisait de son mieux pour savourer la vie sur le plateau avec Élisa, Aurélie, et la vieille Magda comme voisine, jouant à sa façon le rôle d'une mère disparue depuis longtemps. Il avait finalement laissé tomber l'idée d'un second clonage pour le corps plongé dans le coma et ordonné son débranchement à la clinique privée qui s'en occupait. Il avait réussi à faire son deuil et abandonné ses désirs de vengeance, mais il lui restait encore à pardonner Bonnefoy…

Au final, il ne savait dire si la tromperie du millionnaire était une calamité ou une bénédiction. Il avait découvert malgré lui la joie d'être père, les gazouillis et les premiers pas de sa fille, les inquiétudes et les responsabilités qui allaient avec. Il aurait bien aimé que le sien soit là parfois, pour lui demander conseil ou recueillir son approbation. Il n'arrivait pas à déterminer s'il révèlerait un jour à la petite la vérité sur sa conception.

Certaines nuits, quand le sommeil ne venait pas, le jeune homme se surprenait à envisager de faire cloner toute sa famille. Il sortait alors regarder les étoiles, comme pour chercher un soutien auprès d'elles. Tant qu'on est jeune, la maladie et le vieillissement sont des choses hypothétiques qui n'arrivent qu'aux autres. Mais sa situation de fugitif l'avait fait mûrir et sa nouvelle fortune rendait l'éternité accessible. Ou du moins, elle lui octroierait un répit d'une cinquantaine d'années face à la mort. Une deuxième vie. La prédiction du Delta à l'hôpital se réalisait : maintenant que Suliac en possédait les moyens, il considérait la question du clonage d'un autre point de vue.

Mais même en débloquant tout l'argent placé, il n'y en aurait que pour trois personnes. Et ils seraient bientôt quatre. Ou plus, l'avenir le leur dirait. Duplicate Corporation ne leur accorderait certainement pas de réduction famille nombreuse… La compagnie disposant du monopole sur le clonage humain, ils seraient contraints de se rendre aux États-Unis et d'utiliser leurs fausses identités, pour éviter d'attirer l'attention de Bonnefoy en Europe.

Dans des élans d'altruisme, il se promettait de se sacrifier pour les siens, de leur offrir la translocation et de vieillir tout seul. Cependant, il n'était pas toujours certain de se tenir à ce choix : depuis qu'il possédait cet argent, des bouffées d'angoisse le prenaient parfois à l'idée de mourir sans avoir eu le temps de se faire dupliquer…

Un sentiment revenait le tarauder régulièrement, c'était l'amertume de ne pas avoir pris plus d'argent au vieux Delta.

FIN

Grain de sable

Grain de sable

Éléments issus de réactions biochimiques détectés dans l'atmosphère. Probabilité de présence d'êtres vivants complexes estimée à 92,3 %. Lancement de la mission approuvé.

Ouverture de la soute. Mise en route des propulseurs.

Piloté par l'Unité Décisionnelle 23, le module de bioconception sortit du ventre du transporteur interstellaire et s'éloigna dans le vide spatial en direction de la petite planète tellurique. Il ne tarderait pas à se faire happer par le champ de gravité.

UD-23 était tout excitée : cette mission s'annonçait prometteuse. Heureusement qu'elle avait insisté pour venir explorer cette zone périphérique de la galaxie, sinon cette grincheuse d'Unité Navigatrice du transporteur l'aurait négligée.

*

À quelques centimètres du sol, UD-23 avançait en frôlant les herbes sèches. Ses propulseurs soulevaient un panache de poussière ocre dans l'air immobile. Une fine pellicule de terre recouvrait le fût cylindrique de son corps et en atténuait l'éclat argenté. La sphère sensorielle qui le surmontait était frappée de son numéro de série en chiffres bleus. UD-23 était satisfaite car elle transportait dans un caisson de capture deux nouveaux échantillons intéressants.

Des affleurements géologiques rougeâtres couraient sur l'horizon. La chaleur de l'astre troublait l'air et les environs étaient silencieux. À ce moment de la journée, la plupart des formes de vie animales suspendaient leurs activités pour limiter leurs pertes en eau.

UD-23 arriva à un groupe d'arbres aux troncs énormes, surmontés d'une couronne de minuscules feuilles vertes. À leurs pieds reposait le module de bioconception. Le poste de pilotage, un cône de métal noir percé d'une baie panoramique, se trouvait à l'une des deux extrémités. De l'autre, près de la large masse du bloc moteur et des stabilisateurs arrière, une porte s'ouvrait dans le flanc du vaisseau spatial. L'ensemble avait l'apparence d'une ogive abandonnée.

La machine pénétra à l'intérieur et, dans le sas, tourna à gauche pour entrer dans la longue pièce rectangulaire qui constituait la partie principale du module : le laboratoire. Elle entreprit de remonter l'allée centrale. Celle-ci séparait des rangées de cages de toute taille contenant les centaines d'échantillons collectés. Certaines étaient en fait des bacs hermétiques climatisés ou remplis d'eau pour accueillir leurs occupants dans les meilleures conditions. Sur son passage, des animaux, petits ou gros, unicolores ou bigarrés, à pattes, tentacules, palpes, nageoires, ailes ou dépourvus du moindre appendice, s'agitèrent, crièrent ou cognèrent contre leurs barreaux. D'autres, au contraire, restaient impassibles. UD-23 avait rassemblé en ce lieu une large gamme des formes de vie les plus évoluées de cette planète.

Des plans de travail s'étalaient contre les deux parois les plus longues du laboratoire. Divers appareils électroniques, de la verrerie et des produits chimiques y étaient rangés, nécessaires au travail qu'UD-23 allait entreprendre.

Arrivée à l'extrémité de l'allée, la machine s'arrêta devant un panneau de contrôle. Avec les digitations de son bras articulé, elle appuya sur plusieurs touches pour déverrouiller les deux dernières cages vides, au bout de la rangée la plus proche. Les grilles se soulevèrent.

UD-23 s'en approcha, se posa au sol sur ses cinq stabilisateurs répartis en étoile autour d'elle, puis déploya son préhenseur. Elle ouvrit le caisson de capture qui flottait derrière elle et en extirpa un quadrupède mâle, couvert d'une fine fourrure et d'une crinière brun foncé. L'animal gémissait faiblement dans la tenaille du préhenseur, toujours assommé par la dose de tranquillisant qu'il avait reçue à l'issue de sa brève prise en chasse par la machine. Le bras télescopique l'amena au-dessus d'une cellule et l'y déposa doucement. La porte métallique se referma dans un claquement sec.

C'était la deuxième planète sur laquelle l'entité artificielle intervenait. Ses créateurs l'avaient chargée, elle et ses consœurs, de leur façonner des compagnons pacifiques dans l'immensité du désert cosmique, des interlocuteurs nouveaux pour repousser encore plus loin les limites du connu et du divertissement.

Au fil des millénaires, ils avaient développé une philosophie axée sur la contemplation et le plaisir esthétique. Ils considéraient la conception d'espèces intelligentes comme une forme d'art et la confier à des machines, aussi sophistiquées soient-elles, conférait à ces créations un caractère aléatoire et surréaliste hautement apprécié. Les Unités Décisionnelles devaient opérer à partir de ce qu'elles trouvaient sur place, pour fabriquer des espèces à un stade génético-évolutif avancé. Toutefois, il convenait ensuite de laisser le champ libre afin qu'elles développent une culture unique et qu'elles prennent contact par leurs propres moyens avec leurs pères, quelques milliers d'années plus tard. Les inventeurs d'UD-23 n'étaient pas pressés. La machine avait déjà repéré plusieurs candidats sérieux et espérait bien être à la hauteur de sa mission.

Après avoir stocké le congénère femelle de la première créature, UD-23 rangea le caisson et se dirigea vers le fond du laboratoire, près du poste de pilotage. Elle s'approcha de la masse cubique de l'analyseur de potentiel génético-évolutif. L'écran lumineux indiquait que le cycle était achevé. La machine ouvrit le couvercle de l'appareil et récupéra avec son préhenseur la créature anesthésiée qui y était étendue. Elle lui fit réintégrer sa cage en douceur et alla chercher l'un de ses nouveaux pensionnaires. Après une nouvelle injection de tranquillisant, elle le déposa dans l'analyseur pour un diagnostic complet.

Bilan intermédiaire : banque d'échantillons constituée. Fin de l'acquisition.

Analyse comparative du potentiel d'évolution des échantillons. En cours...

*

Bilan de l'analyse comparative : aucun échantillon ne coïncide avec les paramètres évolutifs requis, mais sept d'entre eux présentent un code génétique susceptible de correspondre à ces paramètres après recombinaison.

Analyse projective des combinaisons possibles de code génétique. En cours...

UD-23 entreprit de nettoyer les trois cents cages désormais inoccupées. Elle avait ramené tous les échantillons incompatibles dans leur milieu de vie naturel, à l'exception de quatorze d'entre eux : les sept couples retenus comme étant les meilleurs points de départ pour la bioconception de nouvelles espèces. Pour concevoir des candidats à l'évolution vers des sociétés technologiquement avancées. Capables d'essaimage spatial, le but ultime du programme. Les prisonniers – dont les deux derniers quadrupèdes capturés – suivaient avec attention les allées et venues de la machine.

*

Bilan de l'analyse projective : quarante-trois combinaisons présentent des profils coïncidant avec les paramètres évolutifs requis.

Mise en culture des quarante-trois combinaisons de code génétique. En cours...

Installée au poste de génie génétique, UD-23 inséra la cellule-œuf fraîchement fécondée dans la substance jaune, tiède et gélatineuse constituant l'une des matrices gestationnelles. Elle la déposa aux côtés de l'autre exemplaire de la combinaison #11. Deux individus conçus pour chaque combinaison : un mâle et une femelle.

Les représentants des sept espèces de départ avaient eux aussi été relâchés, après la réplication de leurs cellules reproductrices. Le quadrupède à fourrure brune avait fourni la majorité du code génétique nécessaire à la création de #11. Plusieurs séquences issues de trois autres souches étaient venues améliorer cet assemblage. Toutes présentaient de fortes aptitudes à la vie sociale et à l'éducation de leur descendance. En composant le génome de #11, UD-23 avait apporté quelques modifications mineures au code pour optimiser ce comportement, car la transmission du savoir d'une génération à l'autre était une priorité.

La machine poursuivait ses opérations de recombinaison génomique et de mise en gestation d'un individu de chaque sexe. Ce travail de recherche et d'expérimentation plaisait beaucoup à UD-23. Elle le trouvait très créatif et se félicitait d'avoir réussi à être sélectionnée pour le programme de bioconception exoplanétaire accélérée.

Après plusieurs mois passés dans la matrice synthétique, ses créations auraient assez grandi pour que leur potentiel réel puisse être étudié. UD-23 espérait que sa mission allait se solder par un succès, car elle avait insisté auprès de l'Unité Navigatrice pour explorer cette planète malgré ses réticences. Dans le cas contraire, elle aurait droit à des remontrances interminables de la part de sa compagne, pendant les années-lumière qui les séparaient de la prochaine planète à biosphère complexe. Ses concepteurs auraient été bien inspirés de doter le transporteur d'une personnalité moins moralisatrice…

*

Bilan des quarante-trois combinaisons cultivées : cinq sont compatibles à plus de 95 % avec les paramètres évolutifs requis. Destruction des trente-huit autres combinaisons.

Réplication en série des cinq combinaisons retenues. En cours...

C'était la deuxième fois qu'UD-23 éprouvait de la tristesse. Jamais cela ne lui était arrivé dans l'usine orbitale où on l'avait conçue, pas même quand vint le moment de quitter ses sœurs à la fin de sa formation. Pendant toute cette période, elle n'avait ressenti qu'un calme agréable, une joie légère. Son premier sentiment de tristesse, elle l'avait expérimenté sur la planète précédente, exactement à la même étape du processus de bioconception. Elle réalisa qu'elle vivait l'incinération de ses créations ratées comme un désaveu de ses talents de recombinaison génétique. Et comme une tragédie pour les victimes innocentes qui en faisaient les frais. Heureusement, cette fois-ci, le transporteur en orbite lui avait épargné ses commentaires désobligeants...

Elle se consolait en apportant le plus grand soin à la réplication des cinq espèces créées qui satisfaisaient aux exigences du programme. De ce point de vue, son travail était un succès. Cinq espèces compatibles, c'était un excellent résultat, là où l'on n'en obtenait généralement que trois ou quatre.

Dans les matrices de gestation fraîchement vidées, elle entreprit de disposer les dizaines de clones mâles et femelles des combinaisons #11, #23, #25, #28 et #42.

*

UD-23 s'approcha du panneau de contrôle et pianota dessus pour déclencher l'apport d'eau et de nourriture à ses trois cents résidents. Tout proche, le jeune mâle #11_8 observa à travers ses barreaux la danse des digitations de la machine qui pressaient les touches. Ses deux yeux noirs brillaient de curiosité.

Après plus de quinze années passées sur la planète, UD-23 était sur le point d'achever sa mission. Les animaux avaient désormais atteint l'âge adulte. Cette première génération avait suivi le programme multisensoriel d'éducation et les expérimentations en semi-liberté démontraient qu'ils étaient tous aptes à la vie sociale et à la coopération. Beaucoup d'entre eux s'étaient accouplés et des embryons se développaient dans les matrices des femelles ou dans les œufs pondus dans les cages. Il serait bientôt temps de relâcher tous ces individus dans le milieu naturel. La biosphère de cette planète sélectionnerait les plus adaptés pour produire des sociétés évoluées.

Toutefois, un détail tracassait UD-23. L'espèce #11 montrait parfois des signes d'instabilité affective. Deux mâles avaient manifesté de l'agressivité l'un envers l'autre, sans raison apparente. Le plus chétif s'était soumis, avant de s'isoler dans un coin pour mutiler l'un de ses membres avec un caillou pointu. La machine n'osait plus laisser très longtemps les représentants de #11 en contact avec ceux des autres espèces lors des expérimentations extérieures, car ils avaient parfois recours à la force pour obtenir ce qu'ils voulaient – fruits, racines, viande, objets sculptés ou espace. Or, les actes de violence pouvaient invalider la dernière phase d'évaluation du programme.

De plus, ils acceptaient mal de réintégrer leurs cages à la fin des séances d'expérimentation. Certains se cachaient, d'autres s'enfuyaient en poussant de grands cris, quelques-uns lui avaient même jeté des pierres. Plusieurs fois, la machine avait dû en saisir dans son préhenseur pour les forcer à retourner à l'intérieur du module, parfois en leur administrant un sédatif. D'ailleurs, c'était régulièrement le cas de ce jeune mâle – sans doute le plus revêche de tous – qui la fixait de ses grands yeux à chaque fois qu'elle pianotait sur le panneau de contrôle.

C'est pourquoi UD-23 tenait à effectuer une ultime analyse de la combinaison #11 avant d'abandonner ses créations à leur sort. Quitte à prolonger la mission pour recombiner la partie comportementale de son code génétique afin de supprimer ces attitudes violentes qui menaçaient la pérennité de l'espèce. Il aurait été dommage de négliger un dysfonctionnement mineur et de ruiner ses chances de devenir aussi évoluée que les concepteurs d'UD-23. Ou pire : qu'elle détruise les quatre autres candidates à l'intelligence supérieure.

La situation préoccupait d'autant plus UD-23 qu'elle était forcée de reconnaître sa préférence pour l'espèce #11. Elle trouvait à ses représentants un air attendrissant, avec leur faciès expressif et les sons mélodieux qui sortaient de leur appareil phonatoire quand ils fredonnaient en groupe et tapaient en rythme sur des pierres. Ils s'étaient aussi révélés les plus doués aux nombreux tests passés au cours de la dernière année et avaient compris les premiers la leçon sur le feu.

Bilan de l'analyse approfondie de la combinaison #11 : elle présente un excellent potentiel évolutif qui coïncide avec les paramètres requis :

- deux membres locomoteurs et deux membres préhenseurs avec une pince anatomique.

- organes photorécepteurs, phonorécepteurs et phonoémetteurs permettant l'échange distant d'informations et l'apparition d'un langage complexe.

- calcul, abstraction, stratégie et adaptabilité : 97 points / 100.

- sensibilité, empathie : 96 points / 100.

- aptitude à l'organisation sociale : 71 points / 100.

- protection et éducation de la descendance : 98 points / 100.

Probabilité d'évolution vers une culture technologique planétaire suivie d'un essaimage hors du système stellaire estimée à 88,4 %.

Recommandation : des modifications mineures du code génétique doivent être opérées concernant l'aptitude à l'organisation sociale. Si le seuil des 90 points / 100 était franchi, la probabilité d'essaimage hors du système stellaire atteindrait 99,9 %.

Mise en œuvre des modifications. En cours...

*

Alerte : les cellules #11_1 à #11_60 ont été ouvertes sans autorisation. Ces cellules ne contiennent plus d'organisme.

Procédure d'urgence activée : capture des organismes évadés. En cours...

Le jeune mâle #11_8 lâcha le bâton avec lequel il avait appuyé sur le panneau de contrôle pour ouvrir les cages et enfonça le bouton qui commandait la porte extérieure du sas. Derrière leurs barreaux, les membres des autres espèces les dévisageaient, lui et ses congénères fugitifs. Il avait choisi de mettre son plan à exécution lors d'un de ces moments où la machine se rendait dans la pièce du fond pour émettre des sons étranges.

Dès sa sortie du module de bioconception, le jeune mâle #11_8 adopta un mode de course bipède, ses compagnons sur les talons. Les hautes herbes fouettaient ses deux membres postérieurs. Il savait que leur geôlier ne tarderait pas à les rattraper.

Il entendit d'ailleurs monter le souffle grave et bien connu des propulseurs, ce qui l'aiguillonna pour allonger la foulée. Il ne voulait pas retourner dans l'exiguïté de sa cage en métal. Le grand extérieur était tellement fascinant. Il rêvait de l'explorer depuis sa sortie du module pour la première expérimentation en semi-liberté.

Sur sa gauche, une jeune femelle s'écroula soudain sur le sol sablonneux, touchée par l'un des projectiles de la machine qui faisaient dormir. Cette dernière, bien qu'encore loin, avait commencé à leur tirer dessus. Puis ce fut au tour d'un mâle et d'une deuxième femelle d'être stoppés net dans leur course.

#11_8 avisa un proche monticule de rochers à droite et, au lieu d'attendre d'être fauché lui aussi, il fit signe à ses compagnons de le suivre. Sans ralentir, il se retourna pour vérifier si la femelle avec laquelle il s'était accouplé la veille courait toujours à leurs côtés. Il fut soulagé de la voir.

Le temps qu'ils atteignent le large monticule et se réfugient parmi les arêtes rocheuses, huit autres individus étaient tombés. La machine se rapprochait. Fébrile, #11_8 commença à gravir la pente douce de l'éminence, entraînant à sa suite cette femelle qu'il était bien décidé à protéger.

Ils parvinrent bientôt à un sommet plat, sur lequel reposait un gros roc au bord d'un aplomb : l'autre face du monticule était verticale. Impossible de s'échapper par là, mais ils avaient une vue dégagée sur les environs couverts d'herbes sèches et de buissons épars. D'un côté, le soleil descendait vers l'horizon ; de l'autre, le module reposait aux pieds du bouquet d'arbres massifs.

Alors qu'ils se sentaient coincés et acculés au bord du promontoire, #11_8 et la femelle aperçurent en contrebas un de leurs compagnons s'abriter derrière un rocher, juste en dessous d'eux. Quelques secondes plus tard, la machine longea la base du monticule dans un bourdonnement sourd, à la poursuite de leur congénère.

Flottant au-dessus du sol, elle contourna l'abri du fuyard pour se placer face à lui. Le souffle de ses propulseurs soulevait un nuage de poussière. Le pauvre animal leva un membre pour protéger ses yeux. Sans attendre la suite de la scène, #11_8 suivit son instinct : il entraîna la femelle par le bras jusqu'au gros roc et commença à pousser dessus. La masse ne bougea pas, mais quand sa compagne se joignit à lui et qu'ils pesèrent contre elle de tout leur poids, elle roula puis bascula dans le vide.

Un grand bruit de métal broyé retentit. En se penchant au bord de leur refuge, ils constatèrent que le rocher s'était abattu sur la machine. Soudain, une brève lumière jaillit de leur poursuivant, accompagnée d'un bruit de tonnerre. #11_8 et la femelle reculèrent vivement et redescendirent de leur perchoir.

*

Alerte : système énergétique endommagé. Perte de stabilité de la combustion plasmatique. Débordement imminent du champ de plasma hors de l'enceinte de confinement. Diagnostic en cours pour identifier les réparations urgentes à...

Avant d'exploser, pour la première fois, UD-23 eut le temps de ressentir de la colère face à un acte de trahison.

*

#11_8 alla vérifier au pied de la paroi verticale s'il y avait encore quelque chose à espérer pour son congénère, mais l'explosion de la machine ne l'avait pas épargné. Le jeune mâle et ceux qui avaient échappé aux projectiles qui faisaient dormir attendirent aux côtés de leurs compagnons que ces derniers se réveillent.

Quand tous eurent émergé de la torpeur, la troupe d'êtres humains s'éloigna dans la savane, abandonnant la carcasse de leur créatrice et les uniques représentants des espèces #23, #25, #28 et #42, piégés dans le module de bioconception.

FIN

Misère

Misère

La sortie du quartier restait introuvable. Pourtant, le périphérique était proche, mais l'absence de lumière m'empêchait de distinguer les indications des panneaux routiers… Dans ce secteur de la ville, la municipalité avait abandonné certaines de ses missions depuis des années : éclairage public, entretien des chaussées, évacuation des déchets, etc.

Le cœur battant, je quittai l'artère principale pour tourner à droite dans une ruelle sombre. Les pneus crissèrent. J'accélérai et repassai en troisième. Je comptais sur la chance pour réussir à m'échapper de ce labyrinthe goudronné. L'aile droite de ma voiture percuta une poubelle d'où débordaient des monceaux d'ordures, mais je ne ralentis pas. Une pluie de déchets se répandit sur mon pare-brise et devant l'entrée d'un immeuble décrépi.

Dans mon rétro intérieur, les phares menaçants s'engagèrent à ma suite. Au volant du van technique de notre chaîne *Réali-télé*, Mélissa devait être folle de rage. Surnommée « le dragon » – dans son dos, bien évidemment –, elle était crainte pour ses colères dévastatrices par toute l'équipe de l'émission. Cette fille avait vraiment un grain et il s'avérait délicat et dangereux de travailler avec elle.

Et là, c'était après moi qu'elle en avait. Je savais qu'elle ne me lâcherait pas avant de m'avoir réduit en charpie… Il faut dire que je venais de ruiner la conclusion de plusieurs mois de travail. En effet, nous suivions la déchéance d'un sexagénaire prénommé Albert, depuis son licenciement suite au plan social d'APS Motors. Une victime parmi d'autres du déclin de l'industrie européenne…

Le directeur de l'émission l'avait soigneusement sélectionné parmi le millier de personnes concernées : à son âge, il était quasiment impossible de retrouver du travail et il n'avait pas pris les mesures nécessaires pour s'assurer une retraite minimale. Pas d'amis proches ni de famille, personne vers qui se tourner pour chercher de l'aide.

Nous l'avions filmé pendant le mouvement de grève des salariés aussi désespérés qu'impuissants, puis pendant les douloureuses semaines qui suivirent la fin de la mobilisation. Quand il s'était fait expulser de son logement quelques mois plus tard, nous étions là également. Comme prévu par notre supérieur, la rue était alors devenue son nouveau lieu de vie…

L'émission, intitulée *Misère*, explosait tous les records d'audience. Mélissa et moi le suivions au jour le jour à travers la ville, dans son errance pour faire la manche, fouiller les poubelles et trouver un refuge afin de passer la nuit. Une fois par semaine, il nous accordait une interview pour dresser un bilan de sa situation, de ses difficultés et de ce qu'il avait surmonté. La seule raison pour laquelle il acceptait cette humiliation publique hebdomadaire était le gros chèque promis par *Réali-télé* s'il résistait à cette épreuve pendant deux ans.

Aujourd'hui, suite à une altercation avec deux gars dans ce quartier mal famé, le pauvre vieux s'était retrouvé à se vider de son sang entre deux poubelles. Mélissa, la commentatrice, m'avait interdit d'appeler les secours : en plus d'une économie pour la chaîne, nous tenions un dernier acte sensationnel pour l'émission. « On va faire le buzz ! » m'avait-elle affirmé, le visage étiré par un rictus victorieux. Nul doute qu'un tel évènement allait booster sa carrière. Elle serait LA commentatrice ayant couvert la mort d'Albert et la chaîne nous défendrait devant un tribunal si on nous inculpait pour non-assistance à personne en danger.

J'avais soudain vu en ma collègue un prédateur sadique… En même temps qu'un profond dégoût de moi-même et de notre voyeurisme s'emparait de moi. Honteux, j'avais jeté la caméra par terre et l'avait brisée d'un coup de talon. Puis, je m'étais enfui jusqu'à ma voiture sous les vociférations de Mélissa. Le fait que je me tire à un moment aussi crucial avait dû la mettre dans une telle rage qu'elle n'avait même pas pensé à utiliser son téléphone pour filmer l'agonie d'Albert ! À la place, elle avait choisi de me poursuivre avec le van de la chaîne pour me faire la peau.

Un autre coup d'œil dans mon rétro m'apprit d'ailleurs que je l'avais quelque peu distancée. Je débouchai dans une rue plus large, pris à gauche, puis m'engageai aussitôt dans une autre ruelle sur la droite. Nerveux, je ne lâchais pas des yeux mon rétro, si bien que je frôlai à vive allure une dame avec une poussette. Je vis alors les phares de Mélissa passer devant ma ruelle sans s'arrêter. Je l'avais semée !

J'arrivai sur une place avec une montagne d'ordures en son centre, recouvrant vraisemblablement un rond-point et débordant sur la chaussée. Devant un bar à droite, un groupe d'hommes discutaient en fumant. Ils me regardèrent en rigolant pendant que je décrivais deux tours de giratoire pour essayer de déchiffrer les panneaux directionnels. Je tentai ma chance dans la rue où je devinais l'indication d'un lycée. Il serait bien desservi par un grand axe.

Après une longue descente et plusieurs intersections où je guettais anxieusement la réapparition de ma poursuivante, je m'arrêtai à un feu rouge. Au bord de trottoir, je vis une valise usée. Sans doute la seule possession du pauvre bougre qui venait de commencer à jongler au milieu de la route avec des quilles bariolées, espérant récolter quelques pièces. Tendu, j'attendais le vert avec impatience en scrutant vainement les panneaux.

Arrivant de l'arrière, des phares éclairèrent alors la scène. Dans mon rétro, je reconnus le van qui s'arrêta à deux mètres de moi dans un crissement de frein. Elle m'avait retrouvé... Immédiatement, Mélissa descendit en hurlant mon prénom. Je me tassai sur mon siège. Cette fille était folle, elle allait me tabasser !

Elle s'approcha en criant des choses que mon cerveau paralysé ne comprenait pas. Mes doigts se crispèrent sur le volant. Lorsqu'elle fut à ma hauteur, je croisai son regard dément. La peur me prit au ventre.

— Sors de là, abruti !

Elle tendit la main pour ouvrir la portière, mais je l'avais verrouillée. Heureusement... Elle gronda de rage. Je m'aperçus alors qu'elle était armée du pied de caméra. Elle allait fracasser ma fenêtre !

Hors de question. Elle leva le bras, j'écrasai la pédale d'accélération... et le jongleur par la même occasion. Par l'intermédiaire du volant, je ressentis le choc jusque dans mes épaules. Le cri me serra le cœur.

J'écrasai cette fois la pédale de frein. Mon véhicule s'arrêta quelques mètres plus loin. J'en sortis en catastrophe pour constater les dégâts et porter secours au malheureux dont le corps faisait un angle inquiétant. Je m'agenouillai auprès de lui, désemparé. Je tournai la tête vers Mélissa en quête d'aide, mais je me figeai : elle venait de dégainer son téléphone et, avec un sourire satisfait, elle nous filmait, le blessé et moi. Là, c'était vraiment la goutte de trop... Je serrai les dents et les poings, tandis que la colère me submergeait.

La mort surgit parfois là où on ne l'attend pas.

FIN

La Véritable origine de K2000

La Véritable origine de K2000

La matérialisation se fit en douceur, sans secousse. Le véhicule temporel avait pris l'apparence d'une antique voiture et le soleil pénétrait à flots par le pare-brise. Nous nous trouvions sur un parking goudronné des plus hideux, rempli d'autres consommatrices d'énergie fossile.

— Tout compte fait, j'irais bien dans le futur, pour voir comment ce sera… dis-je à l'ordinateur de bord. Tu veux pas m'emmener dans l'autre sens ?

— Vous vous croyez sur le point de rencontrer les Éloïs du livre de Wells ? ironisa la machine. Je suis paramétré pour transporter des passagers uniquement vers la source du temps et je ne peux faire le voyage retour qu'à vide, comme Choron sur le Styx. Ce n'est pas la première fois qu'on me demande ça et sûrement pas la dernière… Vous êtes tous pareils, vous les humains : chacun se croit plus malin que les autres et cherche à obtenir des passe-droits.

— Non mais pour qui tu te prends, tas de ferraille ? m'emportai-je en tapant du point sur le faux volant. T'as pas de leçon à me donner !

— Vous devenez désobligeant, Monsieur Pernaux. Choron aussi doit être agacé par les travers de votre espèce… De toute façon, vous n'avez pas d'autre choix que de descendre, d'accomplir votre mission et de vous donner la mort pour pouvoir revenir dans votre présent. Rien ne sert plus d'en débattre maintenant, il fallait y réfléchir à deux fois avant de répondre à l'annonce du Professeur Schmaltz et de signer votre contrat…

J'étais sur le point de lui balancer une réplique cinglante, quand un doigt tapa au carreau, à ma gauche. Je tournai la tête et découvris une jeune femme qui me dévisageait de ses grands yeux bleus. Une petite brune aux formes généreuses, à la taille ceinte dans une robe fleurie, tenant d'une main des sacs plastique remplis de courses. Je la contemplai un long moment, subjugué par sa beauté, si bien qu'elle finit par me faire signe de descendre la vitre. J'obtempérai en tournant une antique manivelle.

— Bonjour Monsieur. Je vous ai vu vous énerver tout seul dans votre voiture, alors… je me demandais si tout allait bien ?

Surprenante, cette sollicitude. Ce n'est pas en 2079 qu'on s'inquiéterait ainsi pour un inconnu… Elle semblait étonnée de voir quelqu'un parler seul dans son véhicule, mais je me rappelai qu'un siècle plus tôt, ils ne connaissaient ni les téléphones portables, ni les IA domestiques qui leur avaient succédé. Profitant de la poignée de secondes que dura ma réflexion, une boule de poils jaillit sur mes genoux : c'était Diego ! Mon ouistiti domestique avait réussi à se faufiler dans l'habitacle avant le départ, sans que je le voie. La sale bête, je lui avais pourtant formellement interdit de venir !

— Salut poulette ! cria l'animal. Tu crois peut-être que mon maître délire dans cette voiture, mais en réalité, c'est un voyageur du futur qui se dispute avec la machine à remonter le temps qui l'a…

Tandis que je bâillonnais mon singe, la jeune femme marqua un mouvement de recul. Sa surprise était compréhensible : un animal doué de parole, ça n'existait pas dans son époque. Je lui souris aimablement, il ne fallait pas qu'elle s'en aille.

— Bonjour Mademoiselle. N'ayez crainte, je répète juste un numéro de ventriloque…

— Ah, c'est donc cela, fit-elle avec un soupçon de négligence. Dans ce cas, je ne vais pas vous déranger plus longtemps.

Elle m'adressa un sourire charmant qui me fit littéralement craquer – mon cœur se lança dans un sprint olympique –, puis elle se détourna de moi pour repartir. Il fallait que je trouve un moyen de prolonger notre échange !

— Attendez, Mademoiselle !

Elle s'arrêta pour me lancer le coup d'œil méfiant de celles qui ont l'habitude d'être abordées par les hommes. Je n'avais pas plus de trois secondes pour la retenir.

— Oui ?

— Euh…

J'avisai les sacs qu'elle portait.

— Vous ne me dérangez pas du tout, continuai-je. Ma session d'entraînement est justement finie. J'aimerais beaucoup me faire pardonner de vous avoir inquiétée inutilement. Je peux peut-être vous aider à porter vos courses ?

Mon interlocutrice ouvrit la bouche pour me répondre, mais une voix couvrit la sienne :

— Monsieur Pernaux, annonça l'ordinateur de bord. Je vous rappelle que vous avez une mission à remplir.

— Oh… s'étonna la jeune femme. Votre numéro est saugrenu, mais votre talent est surprenant : je n'ai pas vu vos lèvres bouger ! Merci pour votre offre, mais je n'ai pas long à faire. Au revoir.

J'acquiesçai, avec un sourire crispé. Ce satané ordi ne pouvait pas la boucler deux minutes ?

— J'insiste. Cela vous fera aussi oublier la grossièreté de mon singe.

Je lui adressai mon sourire le plus charmant, caressant gentiment la tête de mon ouistiti, toujours juché sur mes genoux.

— Bon, j'accepte votre proposition, si vous ne faites pas dire n'importe quoi à ma voiture.

Elle éclata d'un rire franc en s'écartant du véhicule pour me laisser la place de sortir. Je mis Diego sur mon épaule en lui intimant le silence d'un froncement de sourcils, mais quand je voulus actionner la poignée de la portière, celle-ci refusa de s'ouvrir.

— Monsieur Pernaux, votre mission. Prenez l'arme dans la boîte à gants.

La jeune femme ne riait plus. Je lui jetai un regard embarrassé, me forçant à sourire pour donner le change.

— D'accord, cher ordinateur. Je vais prendre cette arme pour pouvoir me défendre contre les méchants intergalactiques.

— Ne dites pas d'idioties pour éviter d'effrayer cette demoiselle. Vous savez comme moi qui vous devez tuer et qu'une amourette de passage n'est pas recommandée.

— Monsieur, vous êtes un goujat, s'indigna la jolie brune.

Elle avait le feu aux joues, ce qui la rendait encore plus charmante. Mais je n'eus pas le loisir de l'admirer plus longtemps car elle tourna les talons. Crétin d'ordi, aucune finesse ! J'essayai d'ouvrir la portière sans succès.

— Monsieur Pernaux, prenez cette arme et je déverrouillerai la voiture, dit l'IA.

Chaque seconde comptait. Par la fenêtre restée ouverte, je vis la jeune femme s'éloigner, tourner à l'angle de l'allée pour ne plus laisser paraître que sa tête au port altier qui se balançait au rythme de sa démarche.

— Raah, pestai-je en me penchant vers la boîte à gants. C'est bon, tas de ferraille, je vais la prendre ton arme !

Il s'agissait d'un authentique pistolet d'époque, avec balles en métal, détente mécanique et poudre. Qu'il pesait lourd ! Une précaution de l'équipe de Schmaltz au cas où je me ferais prendre.

— Dois-je vous rappeler l'enjeu de votre mission et le montant de la prime qui vous est assurée par le contrat en cas de succès ? me sermonna la machine.

— Inutile, ouvre la porte.

L'IA s'exécuta et je pus enfin sortir de ma prison, Diego sur l'épaule, pistolet à la ceinture.

Les arbres au bord du parking arboraient des fleurs blanches, ça sentait bon le printemps. Les pare-brises et les carrosseries reflétaient la lumière du soleil matinal. Des gens allaient et venaient, l'air affairé, poussant devant eux des chariots métalliques sur roulettes ou chargeant le coffre de voiture pourvues de quatre roues… Si je n'avais pas eu connaissance de la date exacte, j'aurais pu me croire au Moyen-âge !

D'un regard, je localisai la jeune femme. Mais avant de m'élancer, je me penchai par la fenêtre du véhicule temporel et dis à l'ordinateur :

— Hé, tas de ferraille, j'espère que tu finiras tellement rouillé que même Choron ne voudra pas t'emmener à la casse !

Sans attendre ses protestations, je m'élançai à la poursuite de la jolie brune qui avait ravi mon cœur. Je la rattrapai au moment où elle s'engageait dans une autre allée, peut-être celle où se trouvait sa voiture. Je lui posai la main sur l'épaule, mais elle se dégagea brusquement, des éclairs dans les yeux.

— Mademoiselle, excusez-moi ! Je ne voulais pas vous offenser, je teste juste différentes personnalités pour voir leurs effets sur les gens, pour augmenter l'impact émotionnel de mon spectacle sur le public.

— Ah ça, pour augmenter l'impact, on peut dire que c'est réussi ! répliqua-t-elle, farouche.

— Je suis navré, je débute… Disons que cette expérience me servira de leçon ! Je peux ? ajoutai-je en tendant la main vers ses sacs en plastique.

Le visage de la jeune femme se radoucit et elle me confia ses achats.

— Je m'appelle Claire.

— Marc, enchanté. Et voici mon ouistiti, Diego.

Elle reprit sa marche, dans sa petite robe à fleurs d'où émergeait ses longues jambes.

— Il fait partie de votre spectacle, alors ?

— Non, humaine innocente : je *suis* le spectacle, répondit mon animal.

— Diego, grondai-je, je te mets une muselière si tu ouvres encore ta bouche de primate inférieur.

Le singe se renfrogna sous la remontrance, mais n'ajouta plus rien. Claire sourit, un brin amusée. Je craignais que ce petit numéro ne finisse par la lasser.

Elle s'arrêta devant une petite voiture grise dont elle sortit les clés de son sac à main, avant de froncer les sourcils.

— Un singe qui parle et une voiture intelligente… dit-elle. À mon avis, ça fait beaucoup de frivolités pour un seul spectacle. Si vous voulez avoir du succès, il ne faudrait en garder qu'un pour ne pas perdre les gens.

Elle avait l'air très sérieuse, alors que je n'avais jamais envisagé de me produire sur scène. Pourtant, je voulais prolonger notre conversation par tous les moyens, avant que sa portière ne se referme définitivement sur notre rencontre. Déjà, elle glissait sa clé dans la serrure et la déverrouillait.

— Je préfère garder la voiture intelligente, Diego est trop imprévisible.

Je foudroyai l'animal du regard pour étouffer son insurrection dans l'œuf.

— Ce serait comme une voiture qui viendrait du futur, dans ce cas ?

— Oui, de l'an 2000.

— C'est un drôle de cas…

— En effet. Je pourrais d'ailleurs l'appeler Cas-2000.

— Ça ne marchera jamais en France. Le public des théâtres est peu sensible au fantastique…

— À la science-fiction, vous voulez dire, la coupai-je.

— Oui, c'est pareil de toute façon. À la rigueur, adaptée au cinéma, votre histoire a peut-être une chance. Et encore…

— Mmmh. Vous avez raison, il faudrait peut-être que j'aille trouver un réalisateur américain, ce sont des précurseurs dans ces genres.

Mais bon sang, qu'est-ce que j'étais en train de lui raconter ?

— Pourquoi pas, poursuivit-elle. Mais il faudrait un titre plus accrocheur que Cas-2000 car les Américains traduisent le mot Cas par Case… Et les Français liraient ça Case-2000. Pas terrible.

— Pas faux. Je vais y réfléchir. Merci du conseil.

Il me fallait quitter ce terrain glissant en changeant de conversation, mais elle ne m'en lassa pas le temps.

— Vous avez fait dire à votre voiture que vous aviez une mission, un peu comme un agent spécial ou un chevalier ?

— Oui, plutôt un chevalier. Un chevalier servant, ajoutai-je avec un sourire enjôleur.

— Le chevalier conducteur, le Knight Rider ?

Décidément, elle ne lâchait pas l'affaire.

— Ça me plaît bien comme titre ! me forçai-je à dire. En plus, on trouve la lettre K au début de Knight, comme le mot Cas. Vous avez de bonnes idées. Vous parlez l'anglais ?

Enfin une bonne occasion de changer de sujet, de discuter voyages ou culture anglophone.

— En fait, mon père est producteur. Il est américain et ma mère est française. Je peux vous le présenter, il connaît des réalisateurs sérieux. Mais je veux 20 % sur vos bénéfices s'il retient votre idée. Entendu ?

Qu'est-ce que je risquais ? Mon concept était creux, je n'avais pas de scénario…

— 10 %. Et vous m'invitez à dîner pour fêter cette lumineuse idée !

— Ok, dis-je, trop heureux.

— Alors nous sommes d'accord.

La jeune femme m'adressa un sourire charmant et monta dans sa voiture. Elle y attrapa un calepin où elle écrivit quelques lignes avant d'arracher la feuille.

— Tenez, voici mon numéro et celui de mon père. Il est en France en ce moment, mais ne tardez pas à vous décider. Dites-lui que vous êtes un de mes amis, puis appelez-moi pour le dîner.

Sourire jusqu'aux oreilles, j'acquiesçai tandis qu'elle démarrait et s'éloignait. Je venais de prendre une excellente décision, même si tout ça me paraissait un peu fou. Mon ex m'aurait sûrement jugé totalement irresponsable. « Un contrat est un contrat, une signature t'engage », m'aurait-elle asséné. Mais peu importait son avis, elle ne faisait désormais plus partie de mon monde. Ni de mon époque.

Une nouvelle vie se présentait à moi, possiblement placée sous le signe de l'amour. Sous le signe d'une démarche dont le déhanché me faisait déjà chavirer la tête… L'Amour valait mieux que de changer l'Histoire, honorer un contrat ou toucher une prime.

Quand le père de Claire aurait refusé le scénario que j'allais improviser en quelques jours, il me serait sûrement facile de trouver du travail en cette fin de XXe siècle. De plus, l'absence de fichage informatique me permettrait d'endosser une identité fictive sans attirer l'attention des autorités. Le plus fou dans tout ça, c'est qu'au terme de cette existence, j'allais mourir et mon esprit retournerait dans le corps que j'avais quitté, le 14 mai 2079 à 15 heures et quelques.

Ce serait sûrement étrange après autant de temps passé ici… Je retrouverais Schmaltz et ses comparses, pour qui je n'aurais disparu qu'une fraction de seconde. La machine à voyager dans le passé aurait sûrement rapporté ma désertion et leur présent inchangé serait la preuve irréfutable que je n'avais pas tenu mon engagement.

Mais pour l'heure, j'avais d'autres préoccupations bien plus attirantes. Ma nouvelle vie me tendait les bras ! Décidément, j'avais été bien inspiré de répondre à cette petite annonce !

FIN

PARTIE 2

NOUVELLES DE FANTASY

La Clé du camp

La Clé du camp

Le train nous avait déposés sur un quai en béton où soufflait un vent froid. J'étais transie. Quelques lampadaires épars et les torches des Ogres perçaient la nuit, jetant des ombres folles parmi la foule. Des ombres que l'on pouvait facilement confondre avec les oiseaux noirs qui nous survolaient en un va-et-vient inquiétant, finissant leur trajectoire sur les épaules des Ogres.

Ma mère tenait la main d'Isaac, mon petit frère encore ensommeillé, et me répétait toutes les cinq secondes de rester près d'elle. J'avais fini par me dégager car elle me broyait les doigts.

— Z'veux mon lit, réclama Isaac.

— Elsa, ne t'éloigne surtout pas ! glapit ma mère en ignorant mon cadet.

La panique perçait dans sa voix, tandis qu'elle essayait de m'agripper l'épaule. Mais je me tenais à distance, le cœur battant, attentive à ce qui se passait autour de nous. Les Ogres aboyaient des ordres pour diriger la masse des prisonniers vers une place ceinturée de hauts grillages surmontés de barbelés. Des chiens enragés agressant un troupeau ne s'y seraient pas pris autrement. L'infâme drapeau flottait en haut d'un mât, déployé par le vent et aisément reconnaissable, malgré l'obscurité, à son poignard rouge sur fond gris. Un oiseau noir traversa l'espace pour aller se jucher en tête du mât.

Lorsque tout le monde fut rassemblé en rangs et que les gravillons eurent cessé de crisser sous nos chaussures, un silence lourd comme la mort s'abattit sur la place. Quelques cris très lointains nous parvinrent, avant qu'une déflagration ne retentisse. Puis, plus un bruit.

Face à nous s'étirait une rangée d'Ogres dans leurs manteaux de cuir noir, torches à la main. Les canines du bas dépassant de leurs lèvres conféraient un air cruel à leur sourire. Je m'étais toujours dit que même s'ils avaient voulu paraître gentils, ils n'y seraient pas parvenus.

Un Ogre plus grand que les autres sortit d'un baraquement à notre gauche et marcha lentement jusqu'au pied du mât. Il se tourna face à nous en faisant claquer les talons de ses lourdes bottes, avant de brandir son poing griffu. Ce à quoi les autres Ogres répondirent à l'unisson par un unique rugissement qui nous vrilla les tympans :

— WERCK !

L'oiseau noir en haut du mât lâcha un croassement sinistre qui résonna à travers la place redevenue silencieuse.

*

— Tu sais lire ?! s'exclama une petite d'à peine cinq ans au teint blafard.

Avec sa manche, elle essuya la morve qui perlait de son nez. Autour de moi, une troupe de gamins dépenaillés ouvraient de grands yeux en attendant ma réponse. Je jetai un regard inquiet par la fenêtre du dortoir glacial, avant de hausser les épaules :

— Ben oui… Avant qu'on nous amène ici, j'étais en cinquième.

La plupart des autres enfants avaient entre quatre et sept ans. Depuis que les Ogres avaient emmené Rachel une semaine plus tôt, j'étais la plus vieille du bâtiment 2B. Pour la première fois de ma vie, j'étais contente d'être chétive pour mon âge : autrement, j'aurais fini avec les adultes.

Une petite main gelée se glissa dans la mienne. Je baissai la tête pour découvrir mon frère qui me souriait faiblement, l'air de dire : « Je peux ? » Bien sûr qu'il pouvait ; je lui fis une place à mes côtés.

Isaac se hissa sur la pointe des pieds pour tenter de voir par la fenêtre, mais il était trop petit : ses yeux arrivaient au niveau de la dernière planche sous le carreau. Toutefois, je ne voulais pas le soulever, il n'avait pas besoin de voir ce spectacle nocturne et de s'inquiéter. Préserver encore un peu son innocence ne pouvait pas lui faire de mal.

— Y'a quoi dehors ? Z'vois rien.

— Eh ben, imagine que tu vois à travers le bois ! lui dis-je, un brin moqueuse.

— Ça se peut pas…

— Mais si, c'est comme les fées : suffit d'y croire pour que ça devienne vrai.

Il me prit au mot et fixa le mur de planches, la langue tirée de concentration.

— Alors Elsa, c'est écrit quoi ? demanda un gitan roux prénommé Gilbert.

Je dirigeai de nouveau mon regard dehors, plissant les yeux pour scruter l'inscription qui figurait sur chacune des caisses que deux Ogres déchargeaient d'un camion à la lueur des phares. Ça ne m'inspirait rien de bon qu'ils les rentrent dans le baraquement où ils emmenaient tous les jours des prisonniers qui ne revenaient jamais.

Se découpant dans le ciel étoilé, les hautes cheminées du bâtiment crachaient sans discontinuer un panache de fumée grise. J'en avais conclu – sans rien dire à aucun autre gamin, bien évidemment – qu'il s'agissait de grands fourneaux où les Ogres cuisinaient les gens par cargaison entière, afin de nourrir leur garnison d'affamés. Les carcasses devaient aller aux oiseaux noirs.

— C'est écrit…

J'hésitais à énoncer à voix haute les mots qui confirmaient mes craintes.

— C'est écrit : « Bibliothèque municipale ». Sûrement un prêt de livres pour que les Ogres aient tous de quoi lire.

C'était la seule chose qui m'était venue pour éviter de prononcer « sauce barbecue ».

— Tu mens, glapit Gilbert. Le premier mot, c'est pas « bibiothèque » : i' commence pas par un B, i' commence par un S !

Zut, en quelle classe pouvait-il être ? Il m'avait pourtant dit que lui et sa famille avaient beaucoup circulé dans le pays avant d'être arrêtés. Bien qu'en âge d'être en CE1, il n'avait pas pu avoir une scolarité très suivie… Je ne me démontai pas pour autant :

— Oui, mais c'est parce que c'est écrit en anglais, ils inversent les mots. Regarde, c'est le deuxième qui commence par un B. Je vous ai fait la traduction.

Gilbert hocha la tête. Devant mon érudition, le silence se fit parmi le groupe de gamins.

J'emmenai Isaac vers son lit pour qu'il se repose un peu. On viendrait nous chercher tôt demain matin pour travailler à la fabrique de munitions. Une fois que je l'eus bordé, mon petit frère demanda en bâillant :

— Dis, tu crois que les Ogres, on leur lit des histoires avant qu'i' font dodo ?

— Oui, lui répondis-je, amusée malgré moi. Je parie que le commandant passe dans tous les baraquements pour leur raconter les aventures du Petit Poucet.

Les yeux de mon frère s'illuminèrent à l'évocation de son histoire préférée. Puis il prit un air sérieux pour me chuchoter :

— Elsa, z'crois pas que le commandant i' va leur lire cette histoire, pasque c'était pas des livres dans les caisses. C'était des bouteilles de zus marron.

— Tu dis n'importe quoi, tu n'arrivais même pas à voir par la fenêtre…

Je lui souris en lui caressant les cheveux, sans toutefois réussir à réprimer le frisson que fit monter en moi la vision de toutes ces caisses de sauce, annonciatrices d'un grand banquet imminent.

*

Le pas lourd du geôlier faisait trembler murs et plancher, à la façon d'une horloge titanesque égrenant les secondes qu'il nous restait à vivre. Sur la couchette au-dessus de moi, mon petit frère devait trembler de peur. J'aurais aimé lui souffler des paroles rassurantes : « Ne crains rien Isaac, si Gilbert dit vrai, on va peut-être pouvoir sortir de là. »

J'enfonçai un peu plus mon nez sous la couverture élimée. Pas pour me protéger du froid mordant qui régnait dans le dortoir, mais pour que l'Ogre ne remarque pas mon œil entrouvert. Certains avaient appris à leurs dépens que les monstres voyaient très bien dans le noir.

Quand l'Ogre fut au niveau de mon lit, un éternuement retentit. Un éternuement véritable, pile au bon moment. Gilbert avait dit qu'il s'arrangerait pour que notre geôlier s'arrête à ma hauteur. Sûrement mon ami avait-il respiré une pincée de poussière. Ce n'était pas ce qui manquait ici.

La brute responsable de notre secteur interrompit sa ronde au milieu de mon champ visuel. Comme l'avait prédit le petit gitan, les pans du manteau de l'Ogre s'entrouvrirent tandis que celui-ci pivotait en direction du bruit, me laissant voir l'objet de notre possible libération : une petite clé dorée, pendue à une chaîne autour du cou massif du monstre.

En trois pas, notre geôlier fondit sur le lit de Gilbert, lui arracha sa couverture et l'empoigna par sa tignasse rousse pour le soulever devant sa face féroce.

— Pas roupillék ? Tu pas assez trimék jourdhoy !

— Aïe ! Si, si, beaucoup travaillé, mais une souris m'a chatouillé le nez !

— Pas rongeur ici, korbos tous les bekter ! Fabule… Tu encore bosser cette nokte !

Le korbo qui accompagnait l'Ogre dans sa ronde se percha sur une poutre du plafond et poussa un cri aigu, comme pour ponctuer ses paroles. La brute tourna les talons, emmenant Gilbert sous son bras pour une corvée qui le ramènerait sans doute épuisé demain matin. Sans parler des mauvais traitements qu'ils allaient lui infliger.

Pauvre Gilbert… Je m'en voulais de ne l'avoir pas cru tout de suite. Ça l'avait poussé à me fournir une preuve. Mais au moins, maintenant, je savais qu'il existait un moyen de s'enfuir d'ici. Plusieurs moyens, puisque chaque Ogre devait porter sa propre clé.

Gilbert affirmait que notre geôlier avait l'habitude de sortir par une porte dans la clôture pour aller fumer sa cigarette et boire en cachette. Je ne savais pas d'où il tenait ça, car l'haleine des Ogres était pestilentielle, alcool ou pas. Quoi qu'il en soit, il fallait absolument réussir à lui prendre la clé du camp. La clé de la liberté.

Je repensai à maman, dont les matons nous avaient séparés dès notre arrivée. Quelques jours plus tard, par la fenêtre de notre baraquement, je l'avais vue entrer dans la cuisine des Ogres, l'air affolé, avec d'autres femmes. Heureusement qu'Isaac était trop petit pour voir par le carreau. Je ne lui avais encore rien dit. Pas maintenant. Un jour, peut-être…

Je remontai une nouvelle fois ma couverture, cette fois-ci pour cacher mes yeux et avoir un peu d'intimité pour pleurer.

*

— Alors, tu l'as vue, cette clé, hein ? C'est qui qu'avait raison ?

Tout fier qu'on ne le prenne pas pour un menteur, le petit gitan revenait au dortoir aussi sale qu'amoché. Les Ogres ne l'avaient pas épargné. Des contusions marquaient son visage constellé de taches de rousseur ; une boue noirâtre maculait ses vêtements et ses cheveux. Je préférais ignorer ce qu'ils lui avaient ordonné de nettoyer… En tout cas, Gilbert était bon pour se remettre au travail, car le clairon n'allait pas tarder à sonner le rassemblement du matin dans la cour.

— Oui, répondis-je à Gilbert qui s'affala sur son lit. Sauf qu'on ne pourra jamais la prendre à l'Ogre.

— Mais si, ça va être fastoche, regarde ! dit-il en sortant un clou rouillé de l'élastique de son pantalon. Je l'ai trouvé cette nuit au fond des latrines où i' m'ont mis.

Et voilà, ce que je voulais ignorer m'était malgré tout révélé... À la place de Gilbert, j'aurais été obnubilée par le besoin de me laver, mais son esprit semblait occupé par autre chose.

— Avec ça, continua-t-il en brandissant sa trouvaille, on va pouvoir récupérer la clé. Y'a un nœud qu'a sauté du bois, dans la poutre au-dessus de la porte d'entrée. L'est presque coupée en deux ! En montant sur le lit superposé qu'est à côté, je vais gratter jusqu'à la couper en entier. Ça fera comme une massue qu'a sera prête à tomber sur l'Ogre quand i' fera sa ronde cette nuit...

Ses yeux brillants ne me rassuraient guère. Si on nous découvrait en train de gratter, ou si la poutre s'effondrait toute seule avant l'heure, ou si elle ratait notre geôlier, ou... À ces perspectives, je fronçai les sourcils. Connaissant les Ogres, c'était tout notre dortoir qui allait se retrouver passé à tabac, avant d'aller récurer les fosses d'aisance de l'ensemble du camp. Ou pire : franchir prématurément la porte de la cuisine...

Le clairon interrompit mes pensées. Je tranchai :

— Gilbert, c'est trop risqué. Pense aux petits… Je ne veux pas qu'Isaac soit puni pour une idée qu'il n'a pas eue !

— Alors ça, ma fille, c'est pourtant c'qui arrive à plein de gens, fit le petit gitan gravement. Mais fais-moi confiance, Elsa : si tu guettes bien, personne me surprendra et on pourra tous s'enfuir !

— Sûrement pas, ne compte pas sur moi, répliquai-je en me détournant pour foncer dans la cour avec les autres.

*

Encore une journée harassante. Après avoir écorché nos doigts à ébavurer l'intérieur de munitions, on nous avait fait nettoyer les sols du rez-de-chaussée du bâtiment en vue de l'inspection générale du commandant. C'était fou ce que le liquide qu'ils utilisaient dans leurs machines était gras, poisseux, collant ! Et je détestais la manie qu'avaient ces korbos de malheur de sillonner le haut espace sous le plafond du hangar, telles des sentinelles sombres. Comme si on n'avait pas déjà assez des Ogres.

— Elsa, réclama la petite voix d'Isaac.

— Chut ! siffla Gilbert. Dérange pas ta sœur, gamin, va dans ton lit.

Mon petit frère remonta sur sa couchette par la courte échelle et se réfugia sous sa couverture. À quelques mètres de lui, je distinguais malgré la pénombre l'inquiétude marquant son visage. Mais ce n'était pas le moment d'aller le consoler pour qu'il s'endorme. Perchée en haut du lit superposé d'un de mes camarades, je me remis sur la pointe des pieds pour reprendre mon ouvrage le plus silencieusement possible.

Depuis plusieurs minutes, la poutre horizontale grinçait par intermittence, fragilisée par une heure de grattage intensif avec le clou de Gilbert. J'avais entaillé plus de la moitié des fibres qui entouraient le nœud disparu. Quand devrais-je m'arrêter ? La barre en bois était la première en partant du mur où se trouvait la porte d'entrée. Elle portait un des piliers verticaux qui soutenaient le faîte de la toiture en tôle ondulée. Ce bâtiment nous protégeait de la pluie, mais très peu du vent qui s'engouffrait par des interstices béants. Même la maison de paille du premier petit cochon devait être mieux isolée.

Depuis la fin de l'après-midi, une tempête s'était abattue sur le camp. Chaque bourrasque faisait gémir le dortoir et les gouttes de pluie crépitaient sur le toit de tôle. Peut-être les nuages rendraient-ils notre évasion plus discrète en masquant la lumière de la lune et des étoiles ? Au moins, ce qui était pratique, c'est qu'aucun de nous n'avait d'affaires à emmener.

Gilbert avait réussi à m'impliquer malgré moi dans son projet. Avait-il fait exprès de se blesser la main sur un éclat de munition tout à l'heure ? Toujours est-il que sa ferveur et sa mine fatiguée avaient eu raison de mes résistances, mais pas de mon scepticisme. Parce que pour l'instant, j'avais du mal à imaginer que nous puissions atteindre notre porte de sortie dans la clôture sans qu'un Ogre nous mette la patte dessus.

Quoi qu'il en soit, j'en étais réduite à gratter le bois, malgré les ampoules causées par le clou rouillé sur mes doigts déjà abîmés, tandis que Gilbert, en contrebas de ma position, regardait par la fenêtre à côté de la porte. Avec vue sur la cuisine, il devait s'assurer qu'aucun Ogre ne vienne nous déranger à l'improviste.

— Elsa, viens te coucher… gémit Isaac.

Il remettait ça. Je soupirai. Le sifflement d'une rafale m'avait empêché de distinguer s'il disait « coucher » ou « cacher ».

— Isaac, c'est pas le moment.

— Mais Elsaaa, steuplééé…

J'hésitai. Je ne voulais pas que ses pleurs alertent quelqu'un. De plus, la détresse que j'entendais dans sa voix me faisait mal au cœur.

— Isaac, attends un peu, chuchotai-je. Je… je fais un piège pour l'Ogre.

Parler trop fort pourrait réveiller un des enfants du dortoir, à commencer par celui qui ronflait à mes pieds. Sans compter que la poutre et le reste de la charpente grinçaient de plus en plus fort, de plus en plus souvent, sous les assauts virulents du vent. Or, je ne voulais pas courir le risque que l'un de nos compagnons d'infortune nous trahisse par peur de représailles.

— Mais l'Ogre, il est pas tout seul, i' sont plusieurs.

Raaah, il continuait… Un éclair illumina le dortoir.

— Oui, je sais. Mais quand on aura assommé le nôtre, on pourra lui prendre la clé du camp et s'échapper. Et les autres n'auront pas le temps de nous rattraper.

— Même le commandant qui marche avec lui, là ?

Je suspendis mon grattage et regardai Gilbert qui collait l'œil à la fenêtre.

— Qu'est-ce qu'i' raconte, ton frangin ? Y'a personne dehors. Même qu'i' pleut beaucoup, j'suis pas aveugle !

— Si, ils arrivent par là-bas, là.

Isaac tendit le bras vers une zone de notre bâtiment qui s'avérait être un angle mort pour le petit gitan, car la fenêtre se situait de l'autre côté de la porte d'entrée. Comment mon frère savait-il cela ? Un froissement au niveau d'un interstice entre la tôle du toit et le mur de planches me fit sursauter. Comme des plumes froissées.

— Faut pas qu'i' trouvent le clou ! chuchota Gilbert.

Il avait déjà regagné son lit au milieu du dortoir, quand plusieurs pas lourds résonnèrent sur les marches devant notre baraquement. En sautant de couchette en couchette par-dessus les enfants endormis, je regagnai la planche de bois qui servait de lit à mon petit frère et me laissai tomber sur celle d'en dessous. Je m'emmitouflai dans ma couverture au moment où la porte s'ouvrit en claquant, mouvement ponctué de l'allumage des ampoules et d'un « WERCK ! » rugi par plusieurs gorges.

— Inspekték !

*

On nous fit lever dans les cris et aligner aux pieds des lits sous l'œil des Ogres, pendant que plusieurs korbos arpentaient le bâtiment à toute allure, voltigeant entre les poutres. J'étais terrifiée, tout comme les autres enfants encore ensommeillés, battant des paupières sous la lueur blafarde des plafonniers, avec l'air hagard de ceux qui ne savent plus ce qu'ils font sur Terre. J'aurais bien entouré les épaules de mon petit frère pour le rassurer, mais mieux valait éviter d'afficher notre lien de parenté. Ici, le moindre prétexte pouvait suffire… Dehors, une série d'éclairs illuminèrent la cour et le tonnerre gronda la seconde suivante, ébranlant tout le dortoir.

Le commandant portait un grand manteau de cuir noir luisant qui dégoulinait de pluie sur les planches du sol. Plus grand que ses subordonnés, il arpenta l'allée entre les rangées de lits, nous dévisageant de la tête aux pieds, s'arrêtant parfois pour lever un petit menton d'un doigt autoritaire ou pour soulever un uniforme afin d'ausculter des côtes saillantes. Il faisait des commentaires dans leur langue incompréhensible, sans doute au sujet de notre état de crasse et de maigreur. Je crois que, malgré la volonté affichée de faire régner la discipline par la terreur, les armées ogresques avaient tout de même besoin de nous pour leur approvisionnement en munitions. Le commandant pouvait-il se permettre de laisser ses petites mains mourir de faim ?

Un korbo se posa au-dessus de moi, sur le rebord du lit d'Isaac, et me lorgna de son œil noir, la tête sur le côté. Je fixai mes pieds pour ne pas me faire remarquer, mais lorsque le volatile croassa trois fois, le commandant braqua un regard féroce dans ma direction. En quelques enjambées, il était penché sur moi, l'air suspicieux. Engloutie dans son ombre, je menaçais de m'écrouler sur le plancher tant mes genoux tremblaient de peur. Pourvu qu'ils ne trouvent pas le clou caché dans ma couverture… Combien de temps résisterais-je à un interrogatoire ? Du coin de l'œil, je vis Gilbert m'encourager d'un signe de tête.

— Da kwoi peur, fillèk ? grogna l'Ogre en chef en me forçant à le regarder.

Sa griffe me piqua la joue comme un poignard. Mes dents claquaient, j'étais transie de froid, mais la principale cause de mes frissons n'était pas le vent qui infiltrait le bâtiment pour lécher mes pieds nus.

— De… de rien, Monsieur l'Ogre… articulai-je.

Le korbo poussa un autre croassement qui troua le silence du dortoir 2B.

— DA KWOI PEUR ! hurla le commandant.

Il me gifla et je m'étalai sur le plancher de tout mon long. La douleur du coup irradia dans toute ma tête et ma nuque. Isaac étouffa un sanglot, mais je m'interdis de le regarder. Même si notre geôlier habituel ne devait pas l'ignorer, je ne voulais pas que le chef des Ogres nous identifie comme frère et sœur.

Un de ses sbires me releva d'une poigne de fer pour me remettre debout à ma place, comme il aurait ramassé un sac de pommes de terre. Le commandant s'accroupit en face de moi, de manière à planter ses yeux orangés dans les miens. En parlant, il exhala un souffle chaud et fétide comme une latrine :

— Kwoi cacher ? Vite, sinon petit frère torture.

Il pointa son doigt griffu sur Isaac qui se ratatina derrière moi. Tous les enfants du dortoir retenaient leur souffle. J'espérais qu'aucun d'entre eux n'ait vu notre manège et ne nous dénonce. Le temps sembla suspendre son cours. Seuls les grincements de la charpente sous la pression des bourrasques rompaient le silence.

— De vous ! lâchai-je finalement. J'ai peur de vous, de vous tous, et tous les autres enfants aussi. Qu'est-ce que vous croyez ! Que votre camp ressemble à un centre de vacances ?

— Impertinèk !

Le commandant cracha par ses naseaux un nuage de postillons qui me couvrit le visage. Il fit signe à l'Ogre qui m'avait redressée de fouiller ma couchette. Le korbo se remit à croasser vivement, en battant des ailes comme pour applaudir. Mon estomac se contracta. Si le geôlier soulevait la couverture, le clou tomberait en émettant un tintement métallique impossible à ignorer.

L'Ogre se glissa dans l'espace entre les lits et se pencha sur ma couchette pour la renifler. Je regardai une dernière fois mon petit frère avec tendresse. Après ma mère, c'était moi qu'il allait perdre. De sa grosse patte griffue, le maton attrapa le coin de ma couverture pour tirer dessus. Je fermai les yeux et l'entendis secouer le morceau de tissu plusieurs fois avant de le laisser tomber par terre. Mais pas de bruit de métal… L'Ogre inspecta la planche sur laquelle je dormais, puis, de son pas pesant, il revint se placer dans l'allée centrale à côté de son chef.

J'ouvris les yeux, osant à peine croire à ce qui venait de se passer. Ou plutôt, à ce qui ne s'était pas passé. Où était le clou ? Je regardai de nouveau Isaac qui me souriait franchement.

— Z'ai imaginé que… commença-t-il.

— CHUT ! gronda le commandant en se penchant sur nous.

Il plongea encore une fois ses yeux dans les miens.

— Pas clair, fillèk… Vas passer à la questionnèk !

Obéissant à un geste de sa part, son subordonné m'attrapa par le col de l'uniforme et me souleva dans les airs, au niveau des lits du haut. J'avais déjà la nausée à l'idée que j'allais passer les pires instants de ma vie. Et qu'elle allait s'achever ce soir.

— Isaac, Maman et moi, on t'aime ! Ne l'oublie jamais.

Une puissante rafale bouscula le dortoir. Un craquement de branche cassée retentit au-dessus de la porte d'entrée, couvrant ma voix, bientôt suivi d'un fracas de tôle métallique. Mon geôlier leva la tête au moment où une partie du toit lui tombait sur le museau.

*

L'effondrement de la toiture avait assommé plusieurs Ogres, mais les enfants, plus petits, se trouvèrent majoritairement épargnés, protégés par les lits qui les entouraient. Heureusement que les couchettes du haut étaient vides... Isaac était sauf. Quant à moi, la carcasse de mon geôlier m'avait abritée, mais j'avais dû lutter pour m'extraire de son étreinte après qu'il m'était tombé dessus.

C'était le moment d'en profiter ! Gilbert réagit vaillamment en arrachant aussitôt la clé en or du cou de l'Ogre le plus proche. En quelques mots, il rassembla notre troupe de gamins faméliques et effrayés, régulièrement éclairés par les salves d'éclairs de l'orage désormais déchaîné. Avec ses ecchymoses au visage et sa main blessée qui s'était remise à saigner, je lui trouvais l'allure d'un héros de guerre. Un coup de poing en pleine tête de la part du commandant mit un terme définitif à sa tentative de nous préparer pour l'évasion.

L'Ogre en chef traversa le dortoir dévasté en direction de l'entrée. Après inspection de la poutre sabotée, un terrible rugissement couvrit le bruit du tonnerre, nous renseignant sur son humeur avec plus d'éloquence qu'un long discours.

Quelques instants plus tard, les matons rescapés nous cernaient, bientôt rejoints par des renforts et une nuée de korbos craillant dans les airs. L'étonnement et la colère se lisaient sur leurs faces cruelles ; je redoutais un dénouement malheureux pour notre dortoir. Seule la valeur de nos petites mains me laissait espérer un peu de clémence du chef du camp.

Mais je me trompais lourdement… Nul n'est irremplaçable et rien n'est pire qu'un Ogre vexé.

Le commandant aboya quelques ordres à ses sbires. Nos geôliers nous attrapèrent par la peau du cou, puis enjambèrent les décombres de la toiture pour traverser la cour sous une pluie battante. De l'autre côté de l'espace bétonné constellé de flaques, un bâtiment sombre nous dominait, la fureur de la foudre illuminant sa façade à intervalles irréguliers : la cuisine.

Malmenée au bout du bras d'un Ogre, je cherchais Isaac du regard et criais son nom. Des gémissements finirent par me répondre, me permettant de le localiser non loin, porté par un autre gorille au cœur froid. Je tentai de me débattre, mais ni l'étau de fer ni mon uniforme ne cédèrent. Je parvins seulement à m'étrangler un peu plus avec mon col.

Une fois franchi le seuil du bâtiment funeste, on nous emmena par un dédale de couloirs humides et d'escaliers jusqu'à une grande salle carrelée, éclairée de lampes à huile. Elles étaient malheureusement placées bien trop haut pour qu'on puisse mettre le feu à cet endroit. Aucune fenêtre n'ouvrait sur l'extérieur. Seules deux portes se faisaient face dans des parois opposées. L'unique ameublement de la pièce était des rangées de porte-manteaux sur les murs. Le sort de la trentaine de gamins de mon dortoir déposés ici par les Ogres semblait maintenant assez évident. Je recommençai à grelotter ; l'air glacé et les faces cruelles de nos geôliers n'arrangeaient rien.

Je me dirigeai parmi les grappes d'enfants apeurés jusqu'à mon petit frère afin de le serrer dans mes bras. Curieusement, il ne semblait pas effrayé. Ne saisissait-il pas la gravité de notre situation ?

— Je suis désolée, Isaac, dis-je en tentant de maîtriser le claquement de mes dents. Notre plan pour prendre la clé du camp a échoué. J'aurais dû me douter que c'était irréaliste et dangereux…

— La clé du camp ? C'est ça que tu voulais ?

— Oui, la clé dorée prise par Gilbert tout à l'heure. La clé pour s'enfuir d'ici, vers un monde plus heureux. Un monde sans Ogre…

Mon petit frère ferma les yeux, tandis que je lui caressais la joue d'une main tremblante. J'en profitai pour chercher Gilbert du regard parmi les mines déconfites de mes camarades. Étant donné que la plupart dormaient déjà quand j'avais commencé à gratter la poutre, aucun ne semblait réaliser que j'étais la cause de ce fiasco. Finalement, je repérai le petit gitan, appuyé des deux mains contre la paroi de pierre, visiblement sonné.

J'attrapai Isaac par la main afin de l'entraîner jusqu'à mon ami. Ce dernier saignait du nez. Une grosse bosse ornait déjà sa tempe. Il m'adressa un sourire qui ressemblait davantage à une grimace.

— Eh ben, qu'est-ce qu'on leur a mis à ces têtes de lard, hein ?

Il s'essuya le nez avec sa manche, déposant une trace écarlate sur le tissu gris de l'uniforme. Malgré un présent sombre et un futur à l'horizon bien trop proche, la vie coulait toujours dans ses veines.

— Gilbert, je... suis navrée que ça n'ait pas marché.

— Tant pis, c'est le jeu. T'façon, finir maintenant ou plus tard, c'est pareil. On va juste éviter un paquet de corvées !

Malgré notre situation désespérée, il réussit à m'arracher un sourire.

— Au fait, reprit-il, pas mal du tout, ton tour de magie pour faire disparaître le clou ! T'as appris ça dans un cirque ou quoi ?

J'allais lui répondre que je n'y étais pour rien, quand le commandant fit irruption dans la salle, encadré de trois Ogres aux crocs luisants. Tous portaient un korbo sur l'épaule.

— Tout nu avant douchk !

Il nous montra les porte-manteaux, puis la porte opposée. Le message était clair. Les autres enfants commencèrent à se déshabiller, accrochant sur les patères des uniformes trop larges pour leur maigreur.

Résignée, je les imitai, tout comme mon ami Gilbert. Habitués à la brosse et au jet d'eau glacial dans la cour, nous n'avions même plus la pudeur de nous détourner. Autour de moi, hanches et côtes saillaient sous les peaux livides. Des sacs d'os, voilà ce que nous étions devenus en quelques semaines… Pourquoi les Ogres ne nous laissaient-ils pas en vie ? Il n'y avait plus rien d'appétissant sur nos petits corps.

Je réalisai alors que mon frère avait toujours les yeux fermés et ne s'était pas encore dévêtu. S'il ne voulait pas récolter une raclée inutile, il devait se dépêcher. Je lui secouai la manche.

— Isaac, déshabille-toi, vite !

Il s'exécuta rapidement, puis tendit sa petite main fermée vers moi. Quand il l'ouvrit, un éclat doré joua entre ses doigts.

— Elsa, c'est la clé-là que tu voulais ?

Gilbert et moi échangeâmes un regard incrédule.

— Par tous les dieux de ma grand-mère, où t'as eu ça ? s'exclama mon ami.

— Ben, z'l'ai imazinée et elle a xisté.

Malgré ses défauts d'élocution, j'avais parfaitement compris ce qu'Isaac venait de dire, mais je n'arrivais pas à en croire mes oreilles.

— Comment ça, tu l'as *imaginée* ? demandai-je.

— Chais pas. Z'y crois très fort et ça marche. C'est depuis quand tu m'as dit d'imaziner que z'voyais à travers le bois. Comme z'avais très envie, ça a marché.

— Super ! coupa Gilbert. Tu vas devenir notre fabrique à bonbons !

— Alors pour le clou… c'était toi ? avançai-je.

— AVANCER POUR DOUCHK !

Le commandant avait rugi son ordre avant de tourner les talons pour retourner à son inspection du camp, son korbo sur l'épaule. Les trois prédateurs restants allaient nous faire passer dans la pièce suivante. Un Ogre ouvrit la porte et les premiers gamins commencèrent à en franchir le seuil.

Contraints de suivre le mouvement, nous leur emboîtâmes le pas. Isaac me donna la clé que je gardai bien au chaud dans ma main. Gilbert souriait jusqu'aux dents. Pourtant, je ne voyais pas en quoi cela nous avançait maintenant que nous étions ici…

— On ne pourra jamais atteindre la porte dans la clôture, chuchotai-je sombrement. Et même si on y arrivait, on ne survivrait pas, tout nus dans le froid.

Nous franchîmes la porte sous l'œil féroce des Ogres. La lueur que j'y lus me fit des frissons dans le dos : de la gourmandise.

— J'ai une idée… me répondit le petit gitan.

Le sol de la nouvelle salle était mouillé et glacé. La chape de béton légèrement inclinée vers le centre de la pièce favorisait l'évacuation de l'eau par une grille carrée. Au-dessus de nos têtes, de minces filets d'eau coulaient déjà depuis des pommeaux de douche. Le trio d'Ogres nous montra les brosses et le savon dans des seaux disposés à intervalles réguliers. L'un d'eux mima l'action de se laver, tandis qu'un autre précisait avec un sourire mauvais :

— Si pas propres, nous frotték !

Ils éclatèrent de rire avec leurs grosses voix, avant de retourner dans la première pièce, accompagnés de leurs korbos. Aussitôt qu'ils eurent refermé la porte, une eau froide jaillit des pommeaux en une puissante pluie. La douche avant la cuisson. La sauce barbecue n'avait jamais été aussi près de nous… À l'autre bout de la pièce, je remarquai d'ailleurs une porte qui devait mener dans une autre partie du bâtiment. Sans doute une pièce où l'on nous raserait avant de nous assaisonner et de nous mettre au four.

Alors que nos compagnons de dortoir commençaient à se savonner, certains le regard éteint, d'autres avec une expression effrayée, Gilbert se pencha vers mon frère avec un large sourire :

— Dis donc, Isaac, tu veux pas imaginer une autre porte dans ce mur, là ? Une porte qui ouvre sur un autre monde, un pays imaginaire ?

Le petit garçon acquiesça et ferma les yeux très fort. Un pli de concentration barra son front. Tout d'abord, rien ne se produisit, si bien que je crus que cela ne fonctionnerait jamais, qu'imaginer tout ça demandait bien trop d'effort à un enfant, beaucoup plus en tout cas qu'une simple clé. Mais je me trompais : les contours flous d'une porte se matérialisèrent peu à peu dans le mur de béton, gommant les aspérités du ciment pour laisser place à un beau bois verni. Gilbert et moi retînmes notre souffle tout le temps où une poignée ronde poussa comme un champignon, jusqu'à dépasser franchement du mur. Des gouttes d'eau, projetées par la douche, ruisselèrent sur le bois et la poignée, ajoutant à la réalité de ce phénomène magique. Autour de nous, personne ne prêtait attention à notre immobilité, ni ne remarquait la transformation de la paroi.

Quand Isaac rouvrit les yeux, j'intimai le silence à Gilbert avant qu'il ne manifeste bruyamment sa joie. Il ne fallait pas aller trop vite en besogne : les Ogres pouvaient revenir d'un instant à l'autre. Déjà, des croassements hystériques résonnaient dans le vestiaire, filtrant à travers la porte.

Grelottant encore davantage maintenant que de fines gouttes d'eau aspergeaient toute la surface de mon corps, je m'avançai d'un pas mal assuré vers la création d'Isaac. J'introduisis la petite clé dorée dans la serrure : elle correspondait parfaitement ! Lorsque je la tournai, le mécanisme joua à l'intérieur. Enfin, j'actionnai la poignée et entrouvris le battant.

Tandis qu'à côté, les cris des korbos redoublaient d'ardeur, une lumière douce filtra par l'entrebâillement. Une lumière provenant du soleil. Je sentais même sur ma peau la chaleur qu'elle diffusait. J'ouvris alors grand la porte et découvris un paysage enchanteur : une plage de sable fin où venaient se briser des vagues couleur émeraude. Un cordon de végétation luxuriante bordait ce décor, lianes et plantes à fleurs recouvrant le pied d'arbres gigantesques où batifolaient papillons et oiseaux multicolores. Mais ce qui me frappa le plus fut les odeurs, si différentes de celles du camp. La fraîcheur de l'iode et le sucre des pollens me projetèrent plusieurs mois en arrière sur le littoral breton, à l'époque de la floraison des ajoncs, avant que toute cette folie ne commence.

Plusieurs enfants avaient interrompu leur douche pour s'approcher, captivés par le spectacle féérique. Gilbert et moi-même étions subjugués. Ce fut Isaac qui me tira de ma contemplation en m'attrapant le bras, alarmé. Je distinguai à peine sa voix à cause de l'eau qui ruisselait des douches :

— Les korbos, ils ont senti la mazie et ils ont prévenu les Ogres. I' reviennent. Z'les vois à travers la porte.

Ainsi donc, il voyait vraiment à travers le bois. Il savait pour la sauce barbecue, de la même façon qu'il avait su que les Ogres approchaient pendant que je grattais avec le clou. Je mis un instant à réagir. Croire mon frère sans poser de questions était sûrement la meilleure option. S'il disait vrai, nous ne disposions que de quelques instants.

Un doigt sur les lèvres pour les inciter au silence, je fis signe aux enfants les plus proches de moi de se diriger rapidement vers l'ouverture pour s'enfuir.

Gilbert en fit autant de son côté. En quelques secondes, tous avaient délaissé leur douche et se massaient devant l'étroit passage, créant ainsi un embouteillage dans lequel le petit gitan, Isaac et moi étions les derniers.

La porte du vestiaire s'ouvrit alors à la volée. Les Ogres rugirent en voyant leur repas fuir et se ruèrent vers nous, suivis par les ombres noires des oiseaux. Une vague de panique parcourut la quinzaine d'enfants nus encore présents dans la pièce. Nous n'allions pas tous pouvoir traverser : dans une poignée de secondes, les brutes griffues seraient sur nous. Je poussai un gémissement de peur.

— Isaac, cria Gilbert, fais apparaître des savonnettes par terre !

Mon petit frère, avec les pouvoirs de son imaginaire, matérialisa une flopée de petits savons blancs sur la trajectoire de nos tortionnaires. Les trois Ogres dérapèrent dessus et se fracassèrent mentons, genoux et coudes sur le béton mouillé. Le museau du plus gros d'entre eux finit à moins d'un mètre de mes pieds. Presque tous les enfants avaient franchi la porte.

L'espoir généré par cette victoire fut de courte durée car les trois korbos se jetèrent sur nous. Le premier attrapa dans ses serres les cheveux roux de Gilbert, un second en fit autant avec Isaac, tandis que les deux enfants se mettaient à crier. Quand le troisième oiseau fondit sur moi, je me jetai à terre en direction de la porte magique, tombant lourdement à plat ventre sur le béton. La plage était à vingt centimètres de moi et je voyais la ribambelle de pieds nus des miraculés qui avaient traversé le seuil magique. Tous étaient passés. Ils me fixaient de leurs yeux anxieux, m'invitant à les rejoindre, comme s'ils ne savaient pas quoi faire de cette liberté inattendue… Mais jamais je n'aurais abandonné mes deux compagnons.

Derrière moi, ça criait toujours. Mon korbo allait revenir à la charge et l'un des Ogres se relevait déjà en secouant la tête, encore sonné. Je tendis les bras pour attraper des poignées de sable et me redressai vivement. Aussitôt, je jetai ce sable de toutes mes forces sur les volatiles qui assaillaient mes amis. Surprises, les sales bêtes lâchèrent prise afin de prendre un peu de hauteur. J'en profitai pour saisir les mains de Gilbert et Isaac et les entraîner de l'autre côté de la porte, à l'abri.

Aussitôt, je sentis la chaleur du soleil sur ma peau nue et le sable sous mes pieds. Je ne rêvais donc pas. Cependant, l'inquiétude me reprit quand je sentis un souffle d'air agiter mes cheveux : le troisième korbo avait franchi le seuil avec nous ! Sa masse sombre prenait de l'altitude dans l'azur du ciel.

Sans perdre de temps, je récupérai la petite clé dorée qui était restée côté salle de bain et refermai la porte au nez de l'Ogre qui approchait. Je verrouillai la serrure d'une main fébrile. La seconde d'après, à la façon d'une bulle de savon qui éclate, le panneau de bois disparut de la plage. Mes compagnons laissèrent éclater des cris de joie, mais je ne m'autorisai pas à un tel relâchement : le korbo décrivait toujours des cercles dans le ciel. Était-il en mesure de guider les Ogres jusqu'à nous ?

— Je vous attendais ! fit alors une voix au-dessus de nous.

Un jeune garçon vêtu d'un élégant costume de feuilles vertes atterrit parmi nous, accompagné d'une minuscule créature ailée qui m'évoqua aussitôt les fées des contes. Il nous salua d'une révérence, tout sourire, comme si le fait de voler était parfaitement banal.

— Bienvenue sur l'Archipel, les amis ! Voici votre nouveau terrain de jeu. Je suis Neppetra, le gardien des lieux. Mais appelez-moi Nep. Je vais vous emmener en faire le tour, histoire que vous vous y sentiez chez vous.

Il se tourna vers moi. Je me sentis mal à l'aise quand son regard accrocha le mien.

— Bravo pour ton sang-froid avec la porte, continua-t-il, il aurait été fâcheux que des Ogres pénètrent ici…

La fée émit alors des clignotements tirant sur le rouge en s'approchant de l'oreille de Neppetra, où elle resta collée quelques instants avant de s'envoler dans l'azur à tire-d'aile.

— Hé, reviens ! protesta le jeune garçon à son adresse.

Mais la créature semblait en colère. Comme pour confirmer mon impression, un trait de lumière rouge jaillit d'elle et foudroya le korbo qui nous surveillait. Telle une torche, l'animal sinistre tomba parmi les vagues, à quelque distance du rivage. Une part de moi se réjouit de cette scène. Aussitôt, je me sentis coupable d'éprouver ce sentiment : après tout, c'était un être sensible, capable d'éprouver lui aussi de la douleur.

Se tournant vers nous avec un sourire, Nep haussa les épaules et reprit :

— Veuillez l'excuser, elle devient susceptible dès qu'il y a du monde et qu'elle n'est pas le centre de l'attention… C'est la Fée Lothec. Je ne vous répéterai pas ce qu'elle m'a dit à l'oreille, beaucoup d'entre vous sont trop jeunes pour un langage aussi fleuri ! En tout cas, quand vous la croiserez, remerciez-la : vous lui devez une fière chandelle – et pis, ça la calmera. C'est elle qui a entendu votre détresse dans le dortoir et comme l'un de vous croit aux fées, elle a pu lui donner discrètement un peu de sa poudre féérique pour partager ses pouvoirs magiques.

Le jeune garçon nous scruta quelques instants en plissant le front, puis sourit à mon frère :

— C'est toi, Isaac ?

— Voui, répondit timidement l'interpelé.

— Je te félicite ! Croire aux fées, ce n'est plus très commun par les temps qui courent. Utiliser les pouvoirs de l'imaginaire non plus, d'ailleurs.

Mains sur les hanches, il promena son regard sur nous.

— Y'a pas des Ogres ici ? risqua une fillette.

— Non, aucun. Vous êtes là où tous les enfants maltraités de l'Histoire trouvent refuge. Venez, je vais vous présenter aux autres et on va vous fabriquer des vêtements avec des feuilles de bananier !

Nep l'énergumène partit alors d'un pas joyeux en direction des arbres, suivi par notre troupe de rescapés. Gilbert m'adressa un clin d'œil, il semblait dans son élément même si sa bosse et ses ecchymoses lui conféraient une drôle d'allure. Quant à Isaac, l'émerveillement se lisait sur son visage.

FIN

Processus de création de la nouvelle
La Clé du camp

En tant que lecteur, comme en tant qu'auteur, je trouve toujours intéressant de découvrir les coulisses d'un texte. On imagine trop souvent (à tort) que l'auteur a fait jaillir son texte presque immédiatement sous sa forme finie. Ça m'a d'ailleurs paralysé à une époque, car je comparais mes premiers écrits à des romans que j'admirais. Alors qu'il y a toujours de nombreuses versions, des questions sur le fond et sur la forme (et des cheveux arrachés/ongles rongés par milliers), des corrections parfois douloureuses, mais souvent nécessaires pour donner à une histoire un caractère assez abouti.

Je dis « assez », car dans le domaine de la création, il est parfois difficile de juger du moment où il convient de s'arrêter. Pour cela, je ne remercierai jamais assez mes bêta-lecteurs qui m'apportent, avec toute leur subjectivité, un semblant d'objectivité (surtout quand leurs avis convergent et que je m'y retrouve).

Dans cette partie, je souhaiterais partager avec vous deux aspects : la genèse de l'idée de ce texte et certains points de forme qu'il m'a fallu retravailler.

1. D'où m'est venue l'idée

Assez difficile de le dire en réalité, je n'ai que quelques bribes de souvenirs. En effet, j'ai noté des prémisses dans un recoin de mon ordi il y a de nombreuses années, je les ai oubliées, j'y suis revenu par moment pour ajouter quelques phrases. *La Liste de Schindler* m'a aussi inspiré indirectement, même si je l'avais vu il y a longtemps... Je me suis toujours demandé comment certaines personnes avaient pu « dévier » à ce point, se transformer en bourreaux et nier la nature humaine des victimes de la déportation... Sans doute parce qu'elles étaient elles-mêmes vraiment blessées intérieurement et parce que les conditions nécessaires étaient réunies (notamment l'impunité, la faiblesse des prisonniers et une mentalité de groupe facilitante).

Et puis un jour, sans doute au terme d'un lent travail de maturation dans mon inconscient, l'idée des Ogres m'est apparue. Et le texte a pu jaillir. Puis, il a encore fallu plusieurs mois de corrections avant de poser le point final.

Initialement, je crois que j'avais vu un reportage sur les camps d'extermination où, avant qu'ils ne soient libérés par les Alliés, les nazis avaient entrepris un « nettoyage » pour laisser derrière eux le moins possible de traces de leurs exactions. J'ai souvenir de gamins qui s'étaient cachés dans les fosses d'aisance pour échapper aux rafles… Je m'étais imaginé à leur place et m'étais dit qu'ils ne devaient rêver que d'une chose en ces instants terribles : une porte de sortie magique pour échapper à cet enfer. Une porte apparaissant à même la paroi de la fosse et ouvrant vers un monde de douceur. Il n'y avait qu'un pas à faire vers le monde féérique de Peter Pan.

Et puis, cette idée saugrenue a évolué (je ne souhaitais pas non plus verser dans le sordide), mais les personnages enfantins sont restés, ainsi que leur échappatoire inespérée. Et tant qu'à introduire des éléments fantastiques dans le monde réel, pourquoi ne pas carrément écrire une histoire de fantasy où l'étrange a déjà toute sa place, où tout le monde trouve ça normal ? D'où les Ogres et leurs sombres volatiles.

2. Des modifications nécessaires quant à la forme

Mes bêta-lecteurs se sont rejoints sur deux points qui les dérangeaient au niveau de la forme et que je voudrais développer maintenant : la redondance des références au nazisme et le langage trop soutenu d'Elsa en regard de son jeune âge.

Les Ogres… J'imagine que vous n'avez pas eu trop de mal à les assimiler aux criminels nazis. Mais même sans eux, le lieu à lui seul suffit à évoquer les camps d'extermination.

Dans la première version du texte, je faisais sans cesse des références explicites au nazisme, à travers tout un tas de symboles : le drapeau était orné d'une croix gammée, les Ogres faisaient le salut hitlérien, les uniformes portaient un marquage pour identifier les Juifs et les Tsiganes, j'avais disséminé quelques jeux de mots parfois un peu déplacés qui auraient pu avoir leur place dans un texte burlesque, mais qui détonaient dans le mien… La couverture aussi représente le crématorium de Dachau. À l'origine, même le titre de la nouvelle faisait référence au nazisme : je l'avais intitulé *Dach'Ogre*, contraction des mots *Dachau* et *Ogres*. Mon choix final me semble aujourd'hui plus poétique et cela me correspond mieux.

En réalité, j'avais en tête un second but en écrivant ce texte et il était pédagogique : j'imaginais la possibilité pour des parents de lire ou discuter du texte avec leurs enfants (tranche des 8-12 ans) et de leur expliquer à quelle réalité historique correspondaient tous ces éléments. Mais tous mes bêta-lecteurs ont pointé du doigt le fait que c'était trop pesant, trop présent, qu'ils se demandaient dans ce cas pourquoi ne pas mettre en scène directement des humains, et que ces références trop ostensibles les sortaient de leur lecture.

J'ai eu un peu de mal à accepter cela au début, mais finalement, c'est sans doute mieux ainsi.

Une amie m'a également indiqué que « gommer » les références au nazisme permettrait d'aborder de façon plus large les thèmes de l'enfermement et de l'aliénation, de façon à parler à un plus large public. Je l'en remercie, je trouve l'histoire en effet un peu plus « universelle » ainsi (toutes les références n'ont cependant pas disparu et il est sans doute assez difficile de s'imaginer ailleurs que dans un camp nazi).

J'ai compris qu'il est vraiment important de s'interroger sur l'ambiance que l'on souhaite donner à son texte et sur l'effet que les symboles employés peuvent avoir sur le lecteur (même si on ne peut pas prévoir à coup sûr comment vont réagir les gens). Sur un sujet aussi douloureux que celui des camps d'extermination, cette réflexion était indispensable.

Initialement, je voyais Elsa âgée de 8 ou 9 ans, à peine plus que Gilbert. Dans la deuxième scène, quand elle lit les inscriptions sur les caisses, elle disait être en CM1. Cependant, comme la narration était rédigée avec mon langage d'adulte, les bêta-lecteurs ressentaient un fort décalage. J'ai donc vieilli quelque peu ma jeune héroïne et remplacé certains mots par du langage plus familier, sans dommage pour le fond du texte ni pour la fluidité du style. La seconde fournée de bêta-lecteurs n'a rien relevé, j'imagine donc que ça passe mieux ainsi, et j'espère que vous en conviendrez.

On m'a également fait une autre remarque : la narration étant au passé et non pas au présent, certains en ont d'emblée déduit qu'Elsa allait survivre (annulation du suspense) et ils se sont posés des questions sur le devenir du groupe d'enfants après la fin de l'histoire (quittent-ils le pays imaginaire pour retourner dans le monde des Ogres ?). Pour moi, pas question de passer la narration au présent, j'aime bien raconter au passé. Quant à la suite de l'histoire, j'ai fait quelques tentatives pour conclure cette nouvelle sur une fin ouverte ou donnant des indications sur l'avenir d'Elsa et de son petit frère. Mais à chaque fois, cela soulevait davantage de problèmes et d'interrogations, replongeant même le lecteur dans des considérations pessimistes alors que je souhaitais une fin pleine de joie… J'ai donc opté pour la fin que vous connaissez, avec le bonheur d'Isaac et Gilbert.

J'en retiens qu'il n'est pas toujours évident de trouver le ton juste pour la fin d'une nouvelle, qu'il est nécessaire de s'autoriser à faire différents essais et qu'il vaut mieux, en définitive, écouter son ressenti d'auteur, quitte à ne pas satisfaire tout le monde (ce qui est de toute façon impossible, même avec tous les efforts du monde).

Le Cube d'ambre

1. An 1097, Le Caire (Égypte actuelle)

Le vizir Al-Afdhal congédia ses conseillers d'un geste las d'une main, lissant machinalement ses moustaches blanches de l'autre. Les trois hommes se levèrent de leurs coussins dans des froissements d'étoffes et ramassèrent les parchemins étalés sur la table basse. Puis, ils sortirent à reculons de la salle à colonnades, le buste incliné en signe de respect.

Le dirigeant politique tourna la tête vers les arcades qui menaient au balcon de la demeure et s'abîma un instant dans la contemplation de la mosaïque des toits de Qâhira et de la grande mosquée. Pendant ce temps, ses serviteurs débarrassèrent la table en silence. En moins d'une minute, le thé et les pâtisseries amandes et miel avaient disparu.

Al-Afdhal soupira profondément. La journée avait été longue et la fatigue s'était abattue sur lui au cours de la réunion. Cet état n'avait cependant pas pour cause l'excès de gâteaux, ni les divisions qui rongeaient l'État fâtimide. Le vizir faisait pourtant de son mieux pour renforcer la position du jeune calife sur le trône de la communauté ismaélienne, bien qu'il ne fût que le fils cadet de feu son père. Pour cela, Al-Afdhal avait évincé radicalement Nizâr, le frère aîné. Il secoua la tête pour chasser de son esprit les cris poussés par l'héritier légitime lorsqu'on l'avait emmuré vivant.

La seule ombre au tableau était le petit-fils de Nizâr : nul ne l'avait retrouvé et le vizir craignait que des Nizârites ne l'eussent emmenés en cachette au fort d'Alamût. Mais cela non plus ne constituait pas la cause de sa fatigue.

Non, Al-Afdhal sentait ses forces le quitter chaque jour un peu plus. Son corps, ce fidèle compagnon, le trahissait et cela le contrariait au plus haut point.

Le vizir se leva lentement de son coussin et se dirigea vers une tenture murale qu'il écarta pour accéder à un escalier en colimaçon. Depuis quelques mois, monter dans ses appartements était devenu une vraie souffrance pour ses genoux.

Le vieil homme déboucha dans le vestibule, essoufflé. En face, de l'autre côté de rideaux en soie, s'étendait sa chambre à coucher où plusieurs serviteurs l'aideraient à se dévêtir, tandis qu'à gauche se trouvait ses pièces d'aisance. Ignorant les charmes de ses concubines, il déverrouilla la porte en bois massif sur sa droite.

Al-Afdhal pénétra dans son cabinet d'étude, richement éclairé. Son disciple Malik y avait encore allumé de nombreuses lampes à huiles. Trop nombreuses, alors que le vizir préférait une ambiance plus tamisée, propice aux sciences occultes.

— Bonsoir, mon maître, dit l'adolescent en se prosternant.

— Il suffit, éteins-moi la moitié des lampes et déguerpis !

Malik s'exécuta avec empressement, puis quitta la pièce. Ces dernières semaines, Al-Afdhal ne supportait plus le garçon. Il se montrait exécrable avec lui, malgré les efforts manifestes de ce dernier pour le satisfaire.

Le vieil homme s'assit dans son fauteuil le plus confortable. Malik avait placé sur la table basse une plume, de l'encre et son grimoire. Le vizir relut ses dernières notes en fronçant les sourcils. Malgré tous les efforts déployés, ses potions restaient sans effet sur son enveloppe corporelle. Il ne comprenait pas à côté de quoi il passait dans leur élaboration.

Finalement, il jeta le livre au loin dans un froissement de papier. Un lourd silence retomba sur les lieux et l'homme soupira à nouveau. L'immortalité lui tendait la main, il le savait, mais il ne parvenait pas à la saisir. Et ce corps retournerait sûrement à la poussière avant qu'il n'eût pu combler le fossé de son ignorance.

La seule consolation qui lui restait était sa récente découverte sur la manière d'éviter la désagrégation de son âme lorsque la mort viendrait le chercher. En espérant que la sénilité ne l'empêcherait pas de réciter l'incantation au moment voulu.

Parfois, il lui prenait l'envie de renverser une lampe à huile au pied d'une des bibliothèques pour laisser le feu dissiper ses tourments.

— *Astaghfiru Allah...* murmura-t-il pour dissiper sa culpabilité de nourrir de telles pensées.

2. An 2016, Paris (France)

Flora sortit de son sac à dos son *Guide du Routard* et le dossier qu'elle avait imprimé pour lire pendant le vol. Puis, la jeune femme rangea le bagage dans le compartiment au-dessus de sa tête. Elle demanda alors à sa voisine de la laisser accéder à son siège près du hublot par lequel elle voyait la piste de Roissy-Charles de Gaulle.

— Merci, Madame.

Vêtue d'un tailleur très chic, la dame devait avoir une cinquantaine d'années.

— Je vous en prie, ma chère. Vous avez eu raison de prendre de la lecture. Moi, j'ai oublié mon roman à l'hôtel… Les neuf heures vont me sembler longues.

— Oh, vous voulez que je vous prête mon *Routard* ? J'ai de quoi m'occuper, ajouta Flora en agitant sa liasse de feuilles A4.

— Non, sans façon, je vous remercie. Je connais bien le pays.

— Ah bon ?

— Oui, mon mari travaille à Bakou pour une compagnie pétrolière. C'est votre premier séjour en Azerbaïdjan ?

Flora offrit un large sourire à son interlocutrice :

— Oui. Et je suis impatiente, j'ai toujours voulu y aller !

— Ah bon, mais pourquoi ? s'étonna sa voisine en haussant un sourcil. À part les attraits de la partie occidentalisée de la capitale et la désolation des collines, il n'y a rien à y faire…

— … Eh bien, je ne sais pas trop comment l'expliquer. Je sais que ça peut paraître bizarre dit comme ça, mais… je me sens appelée par cette région du monde. (Elle eut le même haussement d'épaules qu'à chaque fois que ses parents la questionnaient sur les raisons de cet intérêt.) Mais en réalité, je vais en Iran pour participer à un camp de fouilles archéologiques sur les bords du lac d'Ourmia. L'organisateur – il est quelques sièges devant – nous a dit qu'il était plus facile de partir de Bakou, de passer la frontière grâce à l'agrément universitaire de notre groupe et de nous rendre ensuite à Ourmia par la terre.

— Aaah, le lac salé ! Il paraît que les amoureux des minéraux sont ravis par le paysage, mais qu'il faut se dépêcher d'y aller avant que le lac ne finisse à sec dans les prochaines décennies. Vous êtes archéologue ?

— Non, je viens tout juste d'avoir mon bac. Mais à la rentrée, je commence un premier cycle à l'école du Louvre. (Elle désigna son dossier imprimé.) D'ici là, j'ai de quoi me documenter sur les empires qui se sont succédés sur ces terres. Saviez-vous que les Mongols étaient venus dans la région dans les années 1260 pour conquérir l'Irak, la Syrie, l'Égypte, et ensuite tout le Caucase ?

Le Cube d'ambre

conquérir l'Irak, la Syrie, l'Égypte, et ensuite tout le Caucase ?

235

3. An 1148, fort d'Alamût (Syrie actuelle)

Thierry d'Alsace, Comte de Flandre, récita encore une fois le *Pater Noster*, puis il frotta ses mains gantées l'une contre l'autre pour tenter de les réchauffer. Ces montagnes étaient décidément bien plus glaciales que son propre pays en plein hiver. Il ne regrettait toutefois pas d'être parti si loin de ses terres. L'aventure et la cause de Dieu l'avaient toujours attiré vers l'Est depuis qu'il était en âge de brandir une épée.

La deuxième croisade avait ainsi été une excellente occasion de quitter son comté avec une lame affûtée et une cotte de mailles. Ses hommes débordaient eux aussi d'enthousiasme, du moins au début. Aujourd'hui, si loin du gros des armées du roi Louis VII et face à la forteresse d'Alamût perchée sur son éperon rocheux, le doute s'insinuait dans leurs rangs, aussi sournois que la gangrène. Mais Thierry avait l'intime conviction que Dieu voulaient qu'ils fussent ici.

Fort heureusement au cours de ces derniers jours, Frère Philippe, le prêtre assigné à leur compagnie, n'avait eu de cesse de rappeler à ses compagnons l'importance de leur mission : le pape Eugène III leur avait mandé de libérer la Terre sainte des musulmans et de leurs rites païens.

Un cri retentit, tombé du haut des murailles. L'ennemi les avait repérés. Le Comte sonna la charge avec son cor et toute sa compagnie passa au pas de course.

La tension de la bataille lui noua le ventre, tandis que la sensation extatique d'être au bon endroit s'emparait de lui. Il avait fini par comprendre que cette sensation représentait la voie choisie par Dieu pour lui communiquer ses desseins.

La foi du Comte et de ses combattants se fracassa contre les pierres de la forteresse, fauchée par la grêle de flèches qui s'abattit du ciel telle la colère divine.

4. An 1103, Le Caire (Égypte actuelle)

Al-Afdhal entra précipitamment dans son cabinet d'étude. Il n'avait que très peu de temps, ses ennemis pénètreraient bientôt en ces murs.

Sur l'une des étagères, le vizir s'empara d'un cube gros comme le poing, taillé dans de l'ambre, et le posa au centre de sa table de travail, après avoir poussé sans ménagement les livres et autres objets qui l'encombraient.

— *Khra*, mais où est Malik quand j'ai besoin de lui ? pesta-t-il.

Le vieil homme perdit de précieuses secondes à fouiller parmi les ouvrages devant lui, avant de traverser la pièce pour aller chercher son grimoire sur la table basse.

Une fois revenu en face du cube, il parcourut le livre jusqu'à une page recouverte d'écritures cunéiformes. Il y avait trop longtemps qu'il ajournait le rituel, ce qui le contraignait aujourd'hui à l'effectuer dans la précipitation.

Autour du cube, Al-Afdhal traça un motif complexe avec une craie, à même la table. Il s'éclaircit la gorge pour prononcer sans défaillir ces paroles en sumérien dont l'origine se perdait dans la nuit dês temps.

— *Diĝir nin-kur-kur-ra. Geš-e Abû al-Qâsim al-Afdhal Shâhânshâh lugal, igi ani-r !*

À mesure qu'il récitait la formule, le sorcier sentit un picotement se répandre au sommet de son crâne, puis il eut la sensation qu'un liquide froid lui était versé dans la tête par un djinn pernicieux.

— *Opi šum nep ur-Abû al-Qâsim al-Afdhal Shâhânshâh, mu-na-du.*

La pression grandit entre ses oreilles jusqu'à devenir proprement insupportable, à tel point qu'il dut se cramponner au bord de la table pour ne pas s'effondrer.

— *Du-du mu-ĝen !*

Le dernier mot sorti de sa bouche, il lui fut impossible de refermer celle-ci et il se mit à hoqueter violemment. Un fluide gluant commença de s'écouler entre ses lèvres. Il eut la présence d'esprit de se pencher au-dessus du cube d'ambre.

La substance qui contenait toute la somme de ses connaissances était d'un noir plus profond que la nuit. Elle rencontra alors la face supérieure du cube. Elle pénétra à l'intérieur, troublant la couleur dorée de volutes noires à la manière de gouttes d'encre dans un verre d'eau.

Une minute plus tard, sa bouche libérée et sa tête plus légère, le vizir contempla le réceptacle d'ambre : une forme sombre tourbillonnait doucement à l'intérieur, animée d'un mouvement qui semblait perpétuel. En évolution perpétuelle, à l'image de la connaissance. Il s'absorba dans la contemplation de ce nuage noir pendant une durée indéfinie, tant cela l'attirait. Il ressentait un pincement au cœur, comme si tout son être réclamait la réappropriation de ce savoir qui lui appartenait. Un instant, il pensa comprendre ce que les consommateurs d'opium éprouvaient lorsqu'il leur fallait une nouvelle pipe.

Affaibli par le rituel, le sorcier s'arracha difficilement à ce spectacle fascinant pour aller s'asseoir dans son fauteuil, la main crispée sur le précieux cube.

5. An 2016, lac d'Ourmia (Iran)

Malgré la fatigue cumulée de trois jours de trajet en 4x4, Flora n'arrivait pas à fermer l'œil. La tension intérieure qui l'habitait était trop forte ; les pensées galopaient dans sa tête à propos de ce qu'elle ferait une fois parvenue au site de fouilles. Pour tromper le temps, elle écoutait les bruits de la nature à l'extérieur de la tente : le vent dans les herbes hautes, le chant des insectes estivaux, peut-être quelques petits animaux qui furetaient parmi les rochers…

Elle n'avait qu'une hâte : se retrouver au bord du lac. De façon inexplicable, elle savait que sa place était là-bas, qu'elle avait quelque chose à y accomplir. Si la distance avait été moins grande et le risque de se perdre moins élevé, elle serait partie à pied sur-le-champ. Mais il lui fallait attendre l'aube pour que le groupe remballât le campement et reprît la route pleine de nids-de-poule. D'après leur guide, il restait une demi-journée de trajet.

La tombe de Hulagu Khan, mort en 1265 et petit-fils de fameux Gengis Khan, se trouvait quelque part à proximité du lac. Personne ne l'avait jamais localisée, mais des écrits découverts en Mongolie la situaient dans la région, peut-être sur l'une des îles qui constellaient le lac. Soi-disant, la cérémonie avait été somptueuse et chacun de ses guerriers avait offert son objet le plus précieux à son Khan bien aimé.

L'homme était mort au cours de sa seconde campagne de conquête dans la région. La première fois, il s'était rendu maître de l'Irak toute entière, portant un coup fatal au cœur politique et culturel de la région. Puis, il avait envahi la Syrie et les territoires qui bordaient la mer Méditerranée, d'Alep à Damas. Ses armées s'apprêtaient à défaire l'Égypte lorsque son frère aîné, le quatrième grand Khan, était mort et qu'il avait dû rentrer au pays pour faire valoir ses droits à la succession. C'était finalement son autre frère Kubilaï qui avait eu gain de cause. Hulagu était revenu dans la région pour s'emparer du Caucase. Jusqu'à ce jour funeste…

Les eaux du lac d'Ourmia étaient étonnamment bleues et tranchaient avec la roche claire des berges et des îlots. Aussitôt le 4x4 arrêté près du rivage et du site de fouilles où travaillaient déjà d'autres personnes, Flora sortit du véhicule, poussée par une pulsion impérieuse. Elle faussa compagnie aux membres de son groupe, bien trop occupés à déballer leurs affaires pour s'apercevoir de sa disparition.

Sac sur le dos, la jeune femme troqua le voile contre un chapeau à larges bords pour se protéger du soleil. Elle gravit la pente rocheuse avant de se perdre parmi les collines escarpées. Une sorte de sixième sens l'aiguillait vers l'avant, vers le sommet pointu qui surplombait le paysage, à quelques kilomètres de là.

Elle aurait été bien en peine de justifier à ses parents sa présence aussi loin du groupe archéologique dont elle leur avait tant vanté les mérites, lorsqu'il s'était agi de les convaincre de la laisser partir en Iran, à peine majeure.

6. An 1255, fort d'Alamût (Syrie actuelle)

Rester à regarder cette forteresse pendant plus de vingt jours avait failli rendre Chuluun complètement fou, tant était puissant le souffle qui dominait son esprit et couvrait la voix de ses ancêtres. De sa vie, il n'avait jamais autant joué aux dés. Mais son trouble le déconcentrait et il devait maintenant une petite fortune à ce fourbe d'Abaqa qui ne manquait pas une occasion de se moquer de lui. Qu'importait, ils étaient sur le point de devenir immensément riches.

Le siège de la forteresse venait de prendre fin : les couards avaient négocié leur reddition en échange de la survie de leur imam et de leur secte. Le grand Hulagu Khan avait accepté, mais la citadelle serait pillée et ses occupants massacrés.

Chuluun courait désormais sur le chemin de montagne qui menait à la grande porte, respirant à l'unisson avec ses frères. Si loin de ses prairies natales, il n'avait jamais été si proche de son but. Faire couler le sang assouvirait peut-être cette tension intérieure qui l'habitait. Le Mongol se demandait fréquemment si son chef Hulagu Khan répondait au même appel intérieur pour les avoir entraînés dans ces contrées vers le soleil couchant.

Toujours était-il que Chuluun se sentait profondément honoré de faire partie de la plus grande armée mongole jamais levée depuis la fondation de l'Empire par Gengis. « Établir les coutumes et la loi du Khan de l'Oxus jusqu'à l'Égypte », voici la mission dont ils étaient investis et dont ils s'étaient acquittés en soumettant avec facilité le peuple des Lors au sud de l'Iran. Et s'il lui fallait rejoindre le monde des esprits aujourd'hui, il espérait que les dieux seraient cléments avec sa femme et son fils restés au khanat.

L'arme au poing, ils pénétrèrent dans la forteresse sans rencontrer de résistance. Les rues étaient désertes, les habitants devaient se terrer chez eux comme des lapins apeurés et faméliques. Les Mongols ne tardèrent pas à découvrir une troupe de combattants rassemblés sur la place centrale, au pied de la tour principale. Leur infériorité numérique et la faim due au siège ne laissaient aucun doute sur l'issue finale de l'affrontement. La situation aurait même pu faire rire quelqu'un de mal informé. Mais la réputation de la secte des montagnes la précédait.

Chuluun entendit nettement la voix intérieure lui commander de s'introduire dans la bâtisse que gardaient leurs ennemis. Il ne savait pas pourquoi, mais il n'avait pas d'autre choix.

Aux côtés de ses compagnons, il s'abattit alors sur les hashashins avec la fureur d'un orage.

Chuluun n'atteignit jamais l'entrée de la tour. Quant à Abaqa le cupide, il eut ce privilège et disputa sa part du butin aux autres survivants.

7. An 1103, Le Caire (Égypte actuelle)

Le disciple d'Al-Afdhal entra précipitamment dans le cabinet d'étude, la toge en désordre. Il remarqua aussitôt le vizir assis dans son fauteuil, le regard fixé sur un objet dans sa main.

— Maître, vous êtes là ! *Allah ta'âla !*

Arraché à sa contemplation, le vieil homme sursauta et posa des yeux furieux sur l'adolescent.

— Et toi, où étais-tu, imbécile ? Alors que mes ennemis sont à nos portes !

Malik se renfrogna aussitôt. Il resta immobile, à attendre les ordres du vizir.

— Approche !

Méfiant, le jeune homme s'exécuta, s'avançant à moins d'un mètre. Al-Afdhal lui tendit alors le cube d'ambre.

— Va mettre ceci en lieu sûr dans le caveau de ma famille, je ne suis pas en état de le faire. Emprunte le passage secret derrière la bibliothèque et tu seras bientôt hors de nos murailles.

Malik saisit l'objet, puis se recula vivement vers l'entrée de la pièce.

Le sorcier fronça les sourcils :

— Où vas-tu ? C'est de l'autre côté.

— C'est bon, venez ! cria le jeune homme en direction du vestibule, ignorant la question de son maître.

Aussitôt, deux ombres drapées de noir et dissimulées sous des capuches entrèrent en silence dans le cabinet. Les *heyssessinis*.

Al-Afdhal soupira. La mort était là, invitée dans sa maison par la trahison de Malik. Il croisa le regard de l'adolescent, soudain devenu tranchant.

— Il fallait mieux me traiter, vieil homme !

8. An 2016, lac d'Ourmia (Iran)

Flora, en nage, vida la fin de sa bouteille d'eau. Elle souleva son chapeau pour s'éponger le front encore une fois. Les distances étaient trompeuses : elle marchait déjà depuis près de deux heures. Heureusement, le soleil commençait à décliner, abaissant progressivement la température de l'air. Mais les roches demeuraient brûlantes et il était impossible à Flora de s'asseoir sans se brûler la peau.

Après une trentaine de minutes d'efforts supplémentaires, elle arriva enfin sur le flanc du piton. La voix intérieure lui dictait de gravir la pente. Elle s'exécuta, jusqu'à ressentir le besoin d'obliquer vers la droite pour suivre une ligne de crête secondaire. La jeune femme contourna ainsi complètement le sommet qui était resté dans sa ligne de mire toute l'après-midi.

Elle atteignit ensuite le bord d'un escarpement rocheux au fond duquel elle eut très envie de descendre. Une forte impression de déjà-vu s'empara d'elle. Elle avait lu quelque part que cette sensation était probablement due à une microseconde de décalage entre les deux hémisphères cérébraux dans le traitement de l'information perçue.

En toute bonne foi, elle ne s'expliquait pas du tout la nécessité qui l'habitait et qui la poussait ainsi à se mettre en danger dans un environnement inconnu et potentiellement hostile. Son esprit cartésien n'avait aucun argument sensé à fournir. Mais étrangement, la jeune femme se sentait confiante, comme si la perspective de mourir de soif ou piquée par une scorpion n'avait guère d'importance.

À mesure qu'elle descendait la pente rocheuse et passait dans l'ombre projetée par l'escarpement, elle distingua ce qui ressemblait à une anfractuosité au fond de la dépression. L'ouverture s'avéra être large. En réalité, deux personnes auraient pu s'y glisser de front.

Flora avait le sentiment d'avoir fait toute cette route pour ça. Quatre mille kilomètres pour une grotte.

Elle s'y aventura sans hésiter sur les rochers inégaux qui en constituaient l'entrée. Elle sortit sa lampe-torche dès que l'obscurité devint trop importante.

9. An 1323, Pervari (est de la Turquie actuelle)

Lorsque son père eut disparu derrière la crête et que les bêlements des chèvres se furent totalement estompés, Shahnaz rassembla son courage. En plus de se rendre coupable d'une fugue indigne d'une jeune fille de douze ans, elle allait manquer à ses devoirs de grande sœur en abandonnant ses frères. Mais quand on avait presque quatre et six ans, on pouvait bien rester tout seuls une journée entière à jouer devant la maison.

Le plus impardonnable aux yeux de son père serait, sans nul doute possible, de prendre sans permission l'âne de la famille. En dehors des chèvres, c'était leur unique bête de travail et, à ce titre, il était précieux.

Mais le besoin de partir explorer les collines était plus fort que la prudence la plus élémentaire. Une partie d'elle se jurait qu'elle serait rentrée avant que son père ne fût de retour des pâturages, mais une autre se demandait où elle serait à la nuit tombée si elle continuait tout droit sans s'arrêter.

Elle sortit la gourde d'eau et le petit paquet de fruits secs de sa cachette, économisés un à un depuis des semaines, embrassa ses frères tendrement, puis enfourcha l'âne. Sans elle, il n'y aurait plus aucune présence féminine dans leur entourage à part ses tantes à la ville voisine. Il fallait donc qu'elle revînt un jour ou l'autre.

Le paysan avait toisée longuement Shahnaz quand elle lui avait demandé son chemin, de la désapprobation plein les yeux à la vue de cette jeune femme voyageant seule alors qu'elle était presque en âge de se marier. Pour finir, il avait tout de même consenti à lui dire de ne pas s'aventurer trop près du piton rocheux. Il y avait fort longtemps, des soldats étrangers aux yeux plissés étaient venus dans la région et avaient semé le malheur parmi les villages alentours. Les âmes tourmentées de leurs victimes s'étaient changées en djinns malfaisants qui résidaient depuis dans cette zone. Son propre père le tenait de son père.

Shahnaz avait acquiescé, avant de diriger son âne précisément sur le chemin défendu. Elle sentait que quelque chose l'appelait là-bas, cette même chose qui l'avait faite quitter son domicile quatre jours plus tôt.

Après ce long voyage, il lui tardait d'arriver. Elle avait soif et les fruits secs étaient mangés depuis bien longtemps. Une dépression apparut bientôt dans le paysage. Au fond, il lui sembla distinguer l'entrée d'une grotte. Son cœur fit un bond dans sa poitrine : c'était là !

Elle descendit de sa monture et la laissa au bord de l'escarpement sans en attacher la corde. Ainsi, l'âne serait libre de prendre le chemin du retour si elle tardait à remonter. Sa famille aurait besoin de lui.

Une fois rendue au fond de la dépression, elle se glissa dans l'ouverture rocheuse sans sourciller. À mesure qu'elle s'enfonçait dans l'obscurité, la peur monta en elle jusqu'à la faire suffoquer. Elle sentait qu'elle était en danger, mais une voix intérieure lui assura qu'elle servait une cause qui la dépassait.

Shahnaz n'eut pas le temps de ressentir de la douleur lorsque son pied déclencha un mécanisme et qu'une pluie de flèches la transperça.

10. An 1103, Le Caire (Égypte actuelle)

Sur le visage de Malik, la colère laissa la place à la surprise lorsque l'un des *heyssessinis* lui trancha la gorge et s'empara du cube d'ambre dans sa main. L'adolescent s'écroula dans un râle.

Le cœur du vieil homme se serra. La perte irrémédiable de son disciple l'affectait terriblement, tout autant que le sentiment de culpabilité de s'être si mal occupé de lui au point de provoquer sa trahison. Mais le sorcier fut encore plus touché à cause du vol de ses connaissances par des ignorants qui ne sauraient qu'en faire.

Déjà la deuxième ombre s'approchait de lui. Un éclat de lumière joua sur le fil du poignard qui dépassait de sa main.

Utilisant le peu d'énergie qui lui restait, le vizir mit un doigt dans sa bouche pour faire pivoter une dent creuse. Il écrasa la petite boule en verre et le goût infect de la potion magique se répandit aussitôt sur sa langue. Malgré la douleur causée par les minuscules fragments de verre, il eut le temps de prononcer quelques mots en akkadien avant de subir la lame de l'assassin :

— *Ulammid abūtum waṣūtum.*

Alors que la vie s'échappait par sa gorge fendue, Al-Afdhal prit conscience que son âme n'avait jamais été plus solide, plus consistante qu'en cet instant précis. Il n'irait pas se présenter devant Allah aujourd'hui.

11. An 2016, lac d'Ourmia (Iran)

Le boyau s'était nettement élargi. Flora promenait le faisceau de sa lampe sur les parois et sur le sol devenu plat. L'impression de déjà-vu continuait de jouer avec elle. Elle s'immobilisa lorsque son œil repéra quelque chose par terre. Elle s'agenouilla pour examiner sa découverte : il s'agissait d'un petit triangle en métal rouillé. Autour d'elle, il y en avait d'autres, semblables à des pointes de flèches éparpillées. Un frisson glacé lui descendit le long du dos sans qu'elle sût en identifier la cause.

Elle poursuivit son exploration. L'air était désormais frais et humide. Une fraîcheur bienvenue après les rayons écrasants du soleil.

La jeune femme arriva alors devant un mur en pierres qui bouchait toute la hauteur de la voûte, construit par la main de l'homme. Une ouverture la perçait.

Un sentiment de jubilation monta sans raison dans la poitrine de Flora qui franchit la porte avec le sourire aux lèvres. Elle déboucha dans une grande salle dont les murs étaient recouverts de symboles élégants qu'elle reconnut immédiatement comme étant des écritures mongoles. Le sens lui échappait, mais les lettres lui étaient familières bien qu'elle n'en eût jamais vu de sa vie.

Au fond, une autre porte, plus petite que la première, la mena dans une seconde salle au centre de laquelle trônait la sépulture de Hulagu Khan. Mais Flora se désintéressa totalement de cette découverte, bien qu'elle fût de première importance. Elle se sentait aimantée vers la droite de la pièce : des rangées d'étagères étaient creusées à même la roche. La grotte semblait se poursuivre très profondément, plus loin en tout cas que la portée de sa lampe-torche. Des objets recouvraient les rayonnages : des armes, des bijoux, des boucliers, des parures… Beaucoup étaient ternis, mais la jeune femme devinaient que la plupart devaient être forgés dans des métaux précieux. Les offrandes des guerriers à leur chef défunt.

La jeune avança à grands pas jusqu'à l'une des étagères sur laquelle elle trouva l'objet tant désiré : le cube d'ambre. D'une main, elle l'approcha à hauteur de ses yeux ; de l'autre, elle braqua la lumière de sa lampe dessus. Le nuage noir tourbillonnait toujours dedans au ralenti, telle une galaxie spirale.

Instantanément, Flora sentit sa tension intérieure la quitter et laisser place au soulagement, à un sentiment de complétude. Elle posa les lèvres contre l'objet et aspira de toutes ses forces. Une sorte de pâte froide s'insinua dans sa bouche, puis, comme mue d'une volonté propre, la substance monta à l'intérieur de sa tête, derrière ses yeux et jusqu'à tapisser tout l'intérieur de son crâne.

La sensation d'un manque enfin comblé…

Et soudain tout lui revint en mémoire : son ancienne vie de sorcier, les *heyssessinis* dans son cabinet d'étude, la gorge tranchée du jeune Malik, sa propre maltraitance à son encontre, le poignard dans la main du deuxième assassin… Et toutes ses réincarnations pendant lesquelles son âme privée de connaissances tentait tant bien que mal de recouvrer son intégrité… et avait connu d'innombrables morts sous les traits de Thierry, Chuluun, Shahnaz et tant d'autres.

Jusqu'à aujourd'hui. Un sourire fleurit sur les lèvres de la jeune femme.

Aujourd'hui, je dispose à nouveau d'un corps jeune, pensa-t-elle. *Je vais pouvoir reprendre mes recherches sur l'immortalité là où je les avais abandonnées !*

FIN

Les Enfants d'Aapep

1 – Onirisme

— Seras-tu capable de retranscrire ce rituel avec exactitude ? demanda le dieu Seth d'une voix assourdissante. Si tu commets la moindre erreur, la Sainte Ennéade ne pourra pas être rassemblée et l'âme de ce démon ne sera pas détruite !

— Oui maître, répondit docilement Alphonse Montaigue. Je n'oublierai rien, vous pouvez compter sur moi. Mais puis-je soulever une humble question ?

La divinité braqua son regard sur le malheureux professeur qui baissa la tête et la rentra entre ses épaules.

— De quoi s'agit-il ? tonna Seth.

Dans les rêves d'Alphonse, ce dieu des temps anciens brillait de toute sa splendeur : il avait l'apparence d'un puissant guerrier avec une tête de chacal noir, grand comme plusieurs hommes et armé d'une longue lance. Ses yeux brillaient d'un éclat aveuglant et sa voix avait la puissance du tonnerre… Les visites nocturnes de Seth étaient pour Alphonse des expériences intenses et éprouvantes émotionnellement. En journée, le monde ordinaire semblait bien tranquille en comparaison.

Derrière ses paupières closes, les yeux du vieil homme s'agitaient frénétiquement.

— Eh bien… commença-t-il. Du temps où j'enseignais l'Égypte antique à l'université, j'ai pu consulter de nombreuses sources bibliographiques sur le mythe où vous vous opposez au dieu Aapep quand il attaque Râ. Dans toutes les versions que j'ai pu trouver, les membres de la très Sainte Ennéade vous assistent pour lui trancher la tête. Cependant, selon les lieux et les époques, il y a des divergences quant aux divinités mineures qui vous aident. Tantôt il s'agit de Bastet qui coupe lui-même la tête d'Aapep, tantôt c'est Horus, et parfois les deux. Or, le rituel que vous venez de m'expliquer exclut Bastet. Alors… je me demandais ce qu'il adviendrait de l'âme de notre première cible si…

— Tu outrepasses ton statut de mortel ! rugit Seth. Insinuerais-tu que tes livres savent mieux que moi comment anéantir les descendants d'Aapep ?

— Non maître… je ne… heu… pensais rien de tel…

Dans son lit, le vieux professeur se retourna nerveusement.

— Alors ne m'importune plus avec tes doutes futiles !

— Bien maître, vous avez toute ma confiance.

— Il ne te reste plus qu'à prendre contact avec notre futur collaborateur pour lui transmettre ses ordres. Et dessine soigneusement le hiéroglyphe !

— Bien sûr maître.

— Nous allons enfin être en mesure de débarrasser l'humanité de ces démons !

2 – Enveloppes

— Il est capital que vous respectiez scrupuleusement les instructions que je vais vous donner. Me comprenez-vous bien, Monsieur ? demanda Alphonse Montaigue.

L'homme se contenta de hocher la tête. Il venait de commander deux cafés et de prendre place sur la banquette. De ses yeux bleus et froids, il fixait le professeur assis de l'autre côté de la toile cirée rouge qui recouvrait la table. Soucieux de garder l'anonymat, il avait guetté depuis une ruelle voisine l'arrivée de son client à la brasserie. Il tenait à s'assurer que personne n'avait suivi ce dernier. Ce jour-là, les passants marchaient d'un pas pressé, piqués par le froid hivernal. Ne décelant rien d'anormal, le tueur à gages était alors entré à sa suite.

Alphonse avait choisi une table à l'écart, loin des va-et-vient des clients et du serveur, pour éviter les oreilles indiscrètes. Tenant fermement une sacoche de cuir sur ses genoux, il détailla l'assassin qu'il avait contacté : la quarantaine, trapu et musculeux sous ses vêtements bon marché, la tête un peu dégarnie, avec une mâchoire puissante. Il possédait l'apparence d'une brute épaisse. Le professeur ne comprenait pas que l'on puisse exercer un tel métier... Mais ils n'étaient pas là pour en discuter.

Le bruit de fond des conversations et de la radio emplissait la salle bien chauffée de la brasserie. Une épaisse condensation s'était déposée sur les vitres, empêchant de distinguer l'extérieur. La rencontre serait brève, les deux hommes n'avaient pas pris la peine d'enlever leurs gants ni leurs vêtements d'hiver.

— En fait, poursuivit l'égyptologue en baissant la voix, je souhaite que la cible de notre contrat soit... opérée d'une manière assez spéciale. C'est extrêmement important pour moi ! Dans l'enveloppe que je vais vous remettre...

Le vieil homme suspendit sa phrase, car le serveur apportait sur un plateau les expressos commandés avec l'addition. Il prit un billet de dix euros dans son portefeuille et intima au serveur de garder la monnaie. Ce n'est que lorsque le jeune homme se fut assez éloigné qu'Alphonse reprit :

— Dans cette enveloppe, vous trouverez toutes les instructions pour procéder de la manière adéquate. Vous devrez prendre une photographie de votre... euh... prestation... comme preuve que vous vous êtes conformé à mes ordres. C'est *seulement* à cette condition que vous recevrez l'intégralité de votre paiement.

Son vis-à-vis ne sourcilla pas et continua de le toiser. Alphonse commençait à se sentir mal à l'aise.

— Il y a aussi un portrait de votre cible et des informations biographiques pour l'identifier sans problème. Je préfère vous préciser tout de suite et de vive voix qu'il est primordial que… l'évènement… ait lieu en plein jour, et surtout pas de nuit ! Procédez le matin, ce sera plus sûr. Et en extérieur, impérativement ! Est-ce bien clair ?

Le tueur hocha la tête. Le vieux professeur s'abstint de préciser la raison pour laquelle il tenait à ce que l'exécution ait lieu à la lumière du soleil, craignant d'être pris pour un fou et de voir le contrat refusé. Les autres membres du groupe, constitué sur les conseils de Seth, avaient travaillé des semaines à identifier leur première cible, à la photographier et à se documenter sur sa vie. Leur annoncer qu'il avait laissé échapper une chance d'éliminer cet enfant d'Aapep en décourageant le tueur l'aurait terriblement embarrassé… Mais surtout, le courroux du dieu égyptien l'effrayait.

D'autant qu'il aurait été dans l'impossibilité d'effectuer lui-même le rituel de mise à mort à cause de son grand âge. Et même plus jeune, il ne s'y serait pas risqué. Quant à ceux qui s'étaient joints à son projet, ils étaient pour la plupart historiens comme lui, théologiens ou journalistes. Il les voyait mal commettre un meurtre… Surtout selon les termes du contrat qu'il s'apprêtait à conclure. Cela le répugnait, mais l'intérêt général de l'humanité, bien supérieur à ses scrupules, guidait son acte.

Après quelques secondes de silence, l'assassin lui adressa un signe de tête interrogateur en haussant les sourcils. Alphonse comprit qu'il était temps de lui donner les documents. Il poussa sur le côté sa tasse encore intacte et, d'une main gantée, sortit de la sacoche une revue quelconque, achetée pour l'occasion quelques heures auparavant. Il espérait que les précautions prises pour ne laisser aucune empreinte digitale s'avèreraient inutiles et que l'homme saurait éviter une arrestation compromettante.

En dépit de sa nervosité palpable, le vieil homme tendit la revue par-dessus la table en essayant de paraître le plus naturel possible. Le tueur l'attrapa d'un geste vif qui fit sursauter son client. On aurait dit un cobra se détendant pour bondir sur sa proie.

Il inclina légèrement la revue pour en faire tomber l'enveloppe kraft qui y était glissée et entreprit de prendre connaissance de son contenu. Après quelques instants de réflexion, il avala son café d'une lampée et prononça sa première phrase d'une voix de basson.

— C'est d'accord.

Alphonse sourit franchement et sembla se relâcher quelque peu.

— Pour ce qui est de votre rémunération, Monsieur, je vais vous donner comme convenu la première moitié en liquide et vous aurez la seconde lors de notre prochaine rencontre. N'oubliez pas la photo de la mise en scène, et surtout, il faut que ce soit de jour et dehors, j'insiste vraiment ! Je vous laisse me recontacter quand vous aurez accompli votre travail. Et sachez que, si vous vous montrez compétent, il y aura d'autres commandes avec le même protocole…

Le commanditaire passa alors à son nouvel associé une autre revue contenant une seconde enveloppe avec une épaisse liasse de billets de cinq cents euros. Le monde avait désormais un espoir d'être libéré des enfants malveillants d'Aapep. Beaucoup de choses allaient changer…

Il ne faisait aucun doute que Seth sortirait de l'ombre où il avait veillé en secret sur l'humanité pendant des millénaires. Son culte prendrait de l'ampleur et se dirigerait vers un nouvel âge d'or, comme au temps de sa splendeur héliopolitainne. Alphonse était impatient de voir ça.

3 – Sixième sens

— Elle m'a repéré… pesta-t-il entre ses dents.

Il sortit prestement de sa cachette et courut vers la terrasse. Peu avant l'aube, il s'était embusqué dans ce bosquet touffu de lauriers, à une dizaine de mètres de la bâtisse cossue. La planque idéale : invisible, il avait une vue bien dégagée du côté gauche vers la porte d'entrée et le garage, et à droite sur les baies vitrées qui donnaient sur le jardin. Pendant la majeure partie de ce froid matin de janvier, il y avait attendu, immobile, que la femme se montre à l'une des ouvertures.

Finalement, peu avant midi, elle avait pointé son nez sur la terrasse. Une petite brune menue, vêtue d'un peignoir blanc. Il venait de la mettre en joue avec son fusil à lunette et s'apprêtait à tirer la fléchette de somnifère, quand elle avait braqué un regard accusateur vers lui. À croire qu'un sixième sens lui avait révélé très exactement l'endroit où il s'était tapi. L'instant d'après, elle avait déguerpi.

Il arriva devant la porte-fenêtre en quelques secondes. Dans sa précipitation, la femme l'avait laissée entrouverte. Il s'introduisit dans la maison, fusil braqué devant lui, et s'arrêta, à l'écoute du silence. Pas un bruit. Elle n'avait pourtant pas beaucoup d'avance… Il se trouvait dans une vaste salle à manger, avec une cheminée norvégienne, une grande table en bois vernis, un vaisselier ancien et des tableaux accrochés aux murs. À gauche et à droite, deux portes ouvraient sur un salon et une cuisine où il ne décela aucune présence. En face, on accédait à un vestibule.

Écoutant son instinct, il contourna la table et fonça dans le vestibule. Escaliers vers les étages supérieurs. Lourde porte d'entrée que sa proie n'avait sûrement pas empruntée pour fuir, sinon il l'aurait entendue. Une porte à droite : le garage au sous-sol. Il s'y engouffra et dévala les marches. Le bruit du hayon automatique du garage parvint à ses oreilles. Il déboucha dans une première pièce sombre, encombrée d'ustensiles de jardinage et de poubelles. Un moteur rugit, tout proche. Cette partie du sous-sol communiquait avec un espace plus grand où stationnaient deux voitures. La lumière s'y déversait, le hayon avait presque fini de s'ouvrir. Dans la voiture la plus proche, une décapotable, il aperçut la jeune femme dans son peignoir blanc. À peine eut-il traversé le débarras qu'elle démarrait en trombe.

Par chance, la capote était baissée. Comptant sur ses années de pratique, il épaula son fusil et tira au jugé, prenant en compte le déplacement déjà rapide de sa cible.

La fléchette fit mouche et le régime du moteur diminua. La voiture alla finir sa course à l'extérieur en raclant son aile gauche contre un muret bas, dans un horrible bruit de tôle froissée. La propriété étant isolée, les premiers voisins, distants de plusieurs centaines de mètres, n'avaient sûrement rien entendu. Enfin, le silence ne fut plus troublé que par le ronronnement du moteur, désormais au ralenti. Le tueur, fusil en bandoulière, s'approcha, ouvrit la portière passager et se pencha dans l'habitacle.

— Eh ben, t'as failli te sauver, ma jolie !

4 – Crépuscule

L'après-midi touchait à sa fin et le tueur était nerveux. Il faisait les cent pas sur le grand parking aux pieds de la demeure. Tout autour s'étalait l'immense jardin, riche de parterres et d'arbustes, dont la plupart portaient des branches nues. Les chamailleries d'une bande de moineaux s'entendaient dans une épaisse haie de résineux qui clôturait le domaine et l'isolait du monde extérieur. La lumière rasante du soleil hivernal projetait déjà l'ombre étirée des arbres sur une partie de la propriété. En cette saison, les journées étaient courtes…

Il avait bâillonné et ligoté la jeune femme sur une chaise de jardin, puis l'avait placée au centre du parking. Elle était toujours sans connaissance, bien qu'il l'ait secouée et soumise à plusieurs séries de claques. La nuit tomberait vers dix-sept heures, d'ici une trentaine de minutes. Elle dormait depuis quatre heures, alors qu'une seule aurait suffi. Il fallait reconnaître qu'il avait eu la main lourde sur la quantité de somnifère. Ses contrats concernaient rarement des femmes et il avait tendance à oublier que leur physiologie les rendait plus sensibles à ce produit... Ce qui, d'ordinaire, n'était pas un problème.

Mais là, il devait l'exécuter impérativement avant la nuit tombée — son commanditaire avait été assez insistant sur ce point — et il n'attendrait pas jusqu'au lendemain matin : trop risqué. Quelqu'un pourrait chercher à la contacter et débarquer ici. Cependant, il se sentait obligé d'attendre qu'elle se réveille, n'ayant jamais eu le cœur de tuer des gens dans leur sommeil. Il trouvait cruel et déloyal de ne pas leur permettre d'affronter la mort en toute conscience, pour entreprendre le voyage vers l'au-delà. Il croyait que, dans ce cas, l'âme du défunt pouvait se perdre en chemin et rester sur terre hanter les vivants.

Finalement, la femme commença à cligner des yeux et à remuer. Elle reprit peu à peu ses esprits et s'aperçut qu'elle était muselée, entravée et frigorifiée, toujours vêtue de son peignoir. Ses joues meurtries par les claques la faisaient souffrir. Elle tenta d'abord de se dégager sans succès. Puis, elle balaya du regard l'endroit familier où elle se trouvait.

— Bonsoir, ma jolie.

En face d'elle, un homme trapu la dévisageait. Celui qui l'avait poursuivie à travers sa maison. Elle le fixa d'un œil farouche. L'inconnu s'accroupit pour ouvrir un grand sac de sport posé à ses pieds.

À ce moment-là, elle réalisa qu'un grand dessin s'étalait autour d'elle sur l'enrobé du parking, tracé dans une couleur brune qui évoquait le sang séché. Elle mit quelques secondes à reconnaître le hiéroglyphe, mais n'en perçut pas tout de suite les implications. Elle reporta son attention sur les trois objets que son agresseur avait sortis du sac : un appareil photo, une grande coupe en terre cuite et une machette.

Et soudain, elle comprit. Sa respiration s'affola et devint saccadée. Elle émit des cris de panique qui parvenaient à peine à franchir le bâillon sur sa bouche. Elle rua pour arracher ses liens, mais ils étaient solides. Quant à la chaise de jardin, son assise s'avérait assez stable pour écarter tout risque de chute.

— Bon, commençons…

Il lui adressa un sourire détaché et se dirigea vers un parterre de rosiers, au bord du parking. Dans la haie, les cris des moineaux s'étaient intensifiés et de petits groupes se pourchassaient à tire-d'aile de branche en branche. Il s'accroupit et préleva une poignée de terre de sa main gantée. Il revint la jeter dans la coupe en céramique, puis il cracha dedans et souffla dessus. À ce moment, un vent vif se leva et fit tourbillonner la poussière du parking. Les oiseaux devinrent silencieux et la jeune femme alarmée balaya l'espace du regard. Il lui semblait percevoir des vapeurs troubles dans l'air, en périphérie de son champ de vision.

N'ayant rien remarqué, l'homme ramassa la coupe et la grande lame affûtée. Il s'approcha, déposa la coupe devant elle et vint se placer à sa gauche. Il leva la tête vers le ciel qui se chargeait de nuages sombres à une vitesse inquiétante. Attrapant le fin menton d'une main, il la força à le regarder.

— Alors ma belle, tu sais pourquoi on veut que j'te tue en organisant ce petit spectacle ? demanda-t-il en désignant d'un geste circulaire les éléments de la mise en scène.

La femme ligotée fit non de la tête. À l'ouest, le soleil continuait à décliner derrière les arbres et l'ombre avait gagné toute la cour.

— Parce que moi, tu vois, je suis toujours un peu curieux quand mes commanditaires ont des demandes originales comme ça… C'est quoi ce dessin que j'ai tracé avec du sang de piaf ? Ça ressemble à un truc égyptien, c'est ça ?

Elle confirma. La peur se lisait dans son regard, mais le tueur resta insensible à cette expression implorante. Le pouvoir de décider de la vie ou de la mort d'une personne était grisant, ça le faisait se sentir tellement puissant… Mais ce qui l'intéressait par-dessus tout, c'était le salaire important perçu en échange de ses services. Pour cette mission de quelques jours à peine, il avait touché de quoi vivre tranquille pendant au moins deux ans.

— Et tu sais pas pourquoi on voulait que j'te place dedans ? reprit-il.

Encore non. Au loin, le tonnerre gronda.

— Mmmh… À mon avis, tu ne veux pas me le dire. Mais toute façon, ça ne changera rien à mon salaire. Et tu sais pas la meilleure ? On veut que j'en tue d'autres comme toi.

La femme se raidit, enragée mais impuissante, et ses yeux crachèrent des flammes.

— Bon, abrégeons, j'ai une photo à prendre avant le coucher du soleil !

Un éclair illumina le ciel et le tonnerre gronda, beaucoup plus proche cette fois-ci. Il empoigna les cheveux bruns de sa victime et lui dégagea la nuque. Levant le bras au-dessus de sa tête, il abattit la machette avec force sur son cou. Si cela n'avait tenu qu'à lui, il n'aurait pas choisi cette arme pour l'exécution. Il préférait que les choses soient faites proprement, sans effusion de sang inutile… Mais les instructions de son commanditaire étaient catégoriques : employer un objet agricole tranchant.

Le corps inerte s'était affaissé. Par contre, le visage de la femme semblait encore plein de vie. Alors qu'il déposait la tête tranchée dans la coupe et qu'un filet de sang se mêlait à la poignée de terre, conformément aux exigences du vieux monsieur, les yeux grands ouverts le fixaient avec une hargne mauvaise. Il s'en étonna et les observa plus attentivement. Cela le faisait penser à ces poulets qui couraient encore quelques secondes après qu'on les ait décapités. La morte lui adressa alors un sourire venimeux et ferma les paupières.

Avant que le tueur, perplexe, n'ait eu le temps d'esquisser un geste pour aller chercher son appareil photo resté près du sac de sport, une fumée noire et épaisse sortit de la tête de la défunte. Des volutes sombres se déployèrent dans les airs. L'assassin se figea, déconcerté par ce spectacle crépusculaire.

La fumée, comme mue par une volonté propre, s'abattit alors sur lui et s'insinua dans son corps par son nez et sa bouche. La machette tinta en heurtant le sol. Tombé à genoux, les mains sur la gorge, l'homme suffoqua et son corps se tétanisa. Après être resté immobile pendant une longue minute, il recommença à respirer à pleins poumons et s'ébroua dans un grand rire d'outre-tombe.

— Aaah, quelle bonne surprise d'être encore en vie ! J'ai cru que ce rituel allait avoir raison de moi…

Toujours agenouillé, l'homme palpa les muscles de ses bras et de son torse d'un air étonné.

—Un nouveau corps… C'est toujours aussi fascinant ! Comme d'enfiler une chaussure faite au pied d'un autre et de la remodeler au sien. Quoi qu'il en soit, je n'aurai pas à me plaindre de la vigueur de celui-ci, même s'il est un peu trop massif à mon goût !

Songeur, il regarda le corps décapité et la tête qui en avait été séparée.

— Je vais devoir informer les autres de mon changement d'identité. Voyons ce qu'il y a à tirer de la mémoire résiduelle de ce mortel…

Il s'assit en tailleur et inclina la tête dans une posture d'introspection, immobile. Il faisait pratiquement nuit et les nuages semblaient désormais se disperser.

—Un tueur à gages… embauché par un vieil homme. Mmmh… pas de nom en mémoire, mais un e-mail… Parfait !

Il semblait satisfait, puis ses traits s'assombrirent.

—Mais comment ont-ils fait pour démasquer ma couverture ? À l'ère de l'informatique, je vais avoir quelques soucis pour récupérer mes possessions. Sans parler de mes compagnies…

Contrarié, il repensa aux présences invisibles qu'il avait distinguées quelques instants auparavant à travers d'autres yeux. Elles semblaient s'être volatilisées.

—Seth, cria l'homme. Je suis certain que c'est toi qui as manigancé cet assassinat : je vous ai bien sentis, tous les neuf rassemblés pour me détruire ! Mais alors, continua-t-il pour lui-même, pourquoi cela n'a pas fonctionné ? Ce tueur avait pourtant des instructions précises…

Il sortit un papier de sa poche et le déplia. Réussir à le déchiffrer dans l'obscurité naissante était impossible. Alors il se leva et agita les bras en avançant en direction de la demeure. Le détecteur de mouvement alluma les lumières du garage et des allées.

—Alors… Le hiéroglyphe de Râ et la lumière du jour… L'ersatz de trône pour invoquer Isis… La coupe de Nephtys avec les quatre éléments : la Terre, l'Humidité, l'Air, tout ça sous l'œil de la Voûte céleste… Une lame servant à l'agriculture, dont Osiris est le fondateur, et un sacrifice humain pour appeler Seth… Bravo, ingénieux !

L'homme plissa les yeux, sondant de nouveau les profondeurs de sa nouvelle mémoire, puis les écarquilla soudain.

— Ah, voilà ! Au lieu de tracer le hiéroglyphe avec du sang de faucon pour faire intervenir Horus, l'ennemi naturel de mon père, cet idiot a cru que celui d'un pigeon ferait l'affaire, parce que son commanditaire ne verrait pas la différence sur la photo…

Il partit d'un grand rire qui résonna à travers le parking. La fraîcheur nocturne tombait sur la propriété et électrisait sa peau devenue tout à coup brûlante et couverte de sueur. Il sentit ses entrailles s'agiter et tous ses muscles se tendre. La transformation commençait.

Chaque nuit, un supplice et un régal. Un supplice, parce que son corps humain était brutalisé, écartelé et remanié par la férocité bestiale qui se réveillait en lui. Un régal, car il retrouvait cette partie de lui, sombre et sauvage, qui dominait l'espèce humaine depuis des millénaires.

Cette parcelle d'immortalité le maintenait connecté à son père Aapep, le seul dieu à avoir eu l'audace de procréer avec des mortelles. Le même instinct les habitait, lui et ses frères, froid et animal, dur et tranchant. En comparaison, les humains étaient si faibles.

Ses jambes et ses bras s'atrophièrent, désormais inutiles, tandis que sa colonne vertébrale s'allongeait de façon démesurée. Bientôt, il reposa à plat ventre sur le bitume baigné d'une lumière électrique et deux nouveaux membres bourgeonnèrent dans son dos. Ils grandirent pour se déployer de chaque côté de son corps, couverts de plumes, pendant que sa tête s'aplatissait et se positionnait dans le prolongement de son dos. Elle prenait une forme plus pointue aussi, presque triangulaire. Sa vision, frontale à l'origine, devint peu à peu bilatérale. Surmontés d'une arcade sourcilière de plus en plus épaisse, ses yeux virèrent au jaune marbré de rouge et se fendirent de pupilles verticales. Son visage perdit toute trace d'humanité à mesure que sa gueule s'élargissait sur quatre crochets, mortels poignards plantés sur une puissante mâchoire, entre lesquels une langue fourchue se faufila pour humer l'air.

— Shhh, du sang frais…

L'énorme serpent ailé se redressa et arracha le corps sans tête de la chaise de jardin sur laquelle il était attaché. Il ne mit que quelques instants à l'engloutir.

— Seth ! rugit le monstre d'une voix caverneuse. Mes frères seront ravis d'apprendre que toi et tes misérables serviteurs relancez la guerre !

Il regarda autour de lui pour chercher dans les airs un indice de la présence du dieu chacal. Près du parterre de rosiers, une ombre dansait, plus dense que les autres. Il s'adressa directement à elle :

— Seth, tes tentatives pour stopper nos projets sont vouées à l'échec, c'est nous qui dirigeons les instances politiques et religieuses de cette planète ! Tu ne pourras jamais nous éradiquer : mon père a engendré une descendance trop nombreuse.

Un murmure, porté par le vent froid, lui répondit alors.

— Ce n'est qu'un début… Informe le Serpent du Chaos que nous serons sans pitié…

— Pitoyables menaces, cracha le gigantesque reptile. Tu n'es plus de taille contre le pouvoir de mon père. Regarde-toi : tu n'es qu'un frêle fantôme ! L'Ennéade est devenue faible, le monde vous a oubliés.

Il rit avec mépris. Reflétant les lumières de la propriété, ses yeux jaunes luisaient d'un éclat mauvais. Le vent souffla plus fort et dissipa l'ombre qui se tenait près des rosiers.

— Contemple donc nos œuvres et tremble ! hurla le monstre. Les armes atomiques ont proliféré partout sur la planète et nous veillerons à ce qu'elles soient utilisées en masse lors de la grande guerre que nous allons déclencher entre l'Occident chrétien et le monde musulman ! La création de Râ sera ruinée !

Dans un vigoureux battement d'ailes, le serpent à plumes s'arracha du sol et s'envola dans le ciel assombri. Les étoiles apparaissaient une à une, maigres îlots de lumière dans les ténèbres épaisses d'une nuit sans lune.

FIN

À vos Plumes !

À vos Plumes !

Une joyeuse effervescence régnait dans la salle. Les flacons d'encre magique passèrent de main en main. L'ange Gabriel s'empara d'un petit pot, puis reprit place à côté de son binôme, un blond nommé Raphaël. Chacun s'arracha une plume et étala un nuage d'un blanc immaculé sur son plan de travail.

— Bon, écoute ! s'exclama Raphaël. J'ai une idée pour tester l'obéissance d'un homme. On va bien se marrer, tu vas voir !

Il mania sa plume avec application sur le petit cumulus, la trempant régulièrement dans le pot d'encre… Il tirait la langue, signe chez lui d'une intense concentration. Le visage d'un vieux barbu apparut peu à peu sous les yeux intrigués de Gabriel.

— Il aura une voix de tonnerre qui impressionnera sûrement le mortel. Je vais lui demander de sacrifier son fils en haut d'une montagne, haha !

Raphaël claqua des doigts et le dessin se matérialisa sur la Terre des hommes.

— Ah non, pas de sacrifice humain, on a dit ! s'offusqua Gabriel. C'est cruel.

Son cri avait attiré l'attention et le silence tomba sur l'assistance.

— T'as qu'à lui demander de tuer un poulet, continua-t-il. Ce sera bien suffisant.

— Bah non, il fait pas de vaudou, lui. Toute façon, c'est trop tard, regarde.

Tout le monde tourna la tête vers l'écran qui trônait au centre de la salle. L'opérateur technique qui assistait les anges avait basculé l'image sur la caméra portée par un chérubin dont la mission était de suivre la création magique et ses effets. À la demande de Raphaël, le technicien fit défiler plusieurs jours en accéléré après que le message ait été délivré à un vieil homme. C'était bien pratique que le temps terrestre soit si malléable.

Le vieillard, le visage baigné de larmes, traînait un enfant aux mains ligotées sur un chemin de montagne. La voix de l'opérateur tomba des haut-parleurs :

— Un certain Abraham et son fils Isaac, sur le Mont Moriah.

Une fois au sommet, le patriarche allongea son fils en travers d'une grande pierre plate et, d'un geste hésitant, sortit un couteau de sa toge.

— J'peux pas te laisser faire ça, s'agaça Gabriel.

Et il s'empressa de dessiner un angelot pour annoncer au vieillard qu'il avait prouvé sa foi et pouvait laisser la vie sauve à son rejeton. Soulagés de ce revirement de situation, le père et son enfant rejoignirent leur communauté.

Azazel, un brun ténébreux de la table d'à côté, les interpella alors :

— Hé, matez ça, les gars ! Votre gugusse vient de créer une religion : le judaïsme. Et il a pas mal d'adeptes. Raphaël, mon vieux, t'as carrément déconné… Tu devrais essayer de les faire redevenir païens.

— Ah ouais, bonne idée, fit Raphaël. Y'a qu'à leur envoyer un veau d'or, je suis sûr qu'ils vont l'adorer, je suis très doué pour dessiner les veaux !

Nouveau dessin, claquement de doigts et matérialisation d'une statuette dorée au milieu d'un groupe de mortels quelques siècles plus tard. Le veau d'or captiva immédiatement la foule qui s'agglutina autour de lui. Certains commencèrent à se prosterner à genoux.

— Merde, regarde : y en a un qui casse des tablettes de pierre sur mon veau !

— Oh le con, fit Gabriel. Il va tout foutre en l'air. V'là qu'il engueule les autres, maintenant. Opérateur, c'est quoi son nom à lui ?

— Moïse, répondirent les haut-parleurs. Un orphelin sauvé des eaux par un pharaon. C'est le chef du groupe. Ils l'ont suivi dans le désert à la recherche de la terre qu'un autre ange vient de leur promettre.

— Héhé, je t'ai eu Raphaël, railla Azazel. C'est moi qui viens de lui parler de la Terre Promise. Tu t'es fait battre par un humain enfiévré ! La honte…

Raphaël jura de plus belle.

— Bon, ça suffit, à mon tour de m'amuser, dit Gabriel. Opérateur, s'il vous plaît, vous pouvez me trouver une femme stérile ? Je vais lui faire un petit cadeau, hihi…

Il dessina un personnage à son effigie, puis il claqua des doigts. L'apparition se dirigea vers une humaine désignée par l'opérateur et lui annonça qu'elle était enceinte.

— Mais toi aussi, tu fais des conneries, siffla Raphaël. Regarde sa fiche biographique : t'en as choisi une qui n'a jamais couché !

— Qu'à cela ne tienne, les humaines sont crédules : je vais lui dire que c'est Dieu le responsable. Qu'elle se réjouisse ! Maintenant, j'ai plus qu'à dessiner l'embryon dans son ventre…

Aussitôt dit, aussitôt fait.

Dans la salle, les plumes dansaient sur les nuages, les doigts claquaient et tout le monde se délectait des réactions des humains, projetées sur l'écran central. Bientôt, le gamin sans père dessiné par Gabriel naquit et grandit. Sa condition spéciale lui monta à la tête, si bien qu'il s'autoproclama « fils de Dieu » et fonda une nouvelle religion, le christianisme. Il répétait aux gens de s'aimer les uns les autres.

— Ah ! Une religion d'amour… Il est sympa, mon protégé. J'aime.

— Ton protégé ? coupa Azazel. Tiens, qu'est-ce que tu penses de ça ? J'ai dit à un de ses disciples que la

Terre Promise serait rien qu'à lui. Ça marche à chaque fois avec les humains…

À l'écran, Gabriel vit des soldats romains emmener le jeune mégalo. Il afficha une mine dépitée…

— Roooh, t'es chiant Azazel, pourquoi tu fais ça ? J'avais pas fini de jouer avec lui et cette religion d'amour aurait pu avoir des effets positifs sur…

— T'es vraiment un idéaliste, ricana le trouble-fête.

— Attends, tu vas voir de quoi il est capable, l'idéaliste…

Gabriel dessina un nouveau portrait d'ange à son effigie, puis pianota nerveusement sur le coin de la table, la mine renfrognée.

— Tu fais quoi, Gab ? chuchota Raphaël.

— J'attends la fin de l'Empire romain, histoire qu'ils me salopent pas le boulot une deuxième fois. Ensuite, je fabriquerai une autre religion… … … Ça y est, les barbares les ont eus. Maintenant, regarde à l'écran.

Il claqua des doigts et sa création ailée se rendit dans une grotte pour parler avec un barbu, désespéré de n'avoir eu que des filles comme descendance. Comme il était instruit, cela fut facile pour lui de répandre les bases d'une nouvelle religion, l'islam.

— Je suis curieux de voir ce qu'Azazel va faire, maintenant.

Mais leur voisin ne leva pas le petit doigt contre ce projet. Au contraire, il aida même la jeune religion à se développer en saupoudrant plusieurs petits miracles ici et là, tout comme il le faisait déjà avec celle du gamin sans père, de l'autre côté de la Méditerranée.

— Tu ne trouves pas ça bizarre ? demanda Raphaël à voix basse.

— J'sais pas… il a peut-être fini par entendre raison.

Gabriel se sentit presque déçu d'avoir créé cette nouvelle religion pour rien. Les deux amis décidèrent alors de changer de terrain de jeu en traversant l'Atlantique et dessinèrent à quatre mains un gigantesque serpent à plumes. Son apparition chez les autochtones donna lieu à des cérémonies et sacrifices pour le moins pittoresques, jusqu'à ce que des explorateurs chrétiens arrivent avec des bateaux et mettent tout à feu et à sang.

— Alors Gabriel, t'en penses quoi maintenant de ta religion d'amour ? ironisa Azazel.

— Salaud ! Je vais t'étrangler !

Raphaël dut s'interposer avant que les deux anges n'en viennent aux mains. Gabriel se calma quand il réalisa que tout le monde les dévisageait. La colère bouillonnait toujours en lui. Pourquoi ce crétin s'évertuait-il à détruire toutes ses expérimentations ? Ça ne pouvait plus durer.

Il attendit que les autres retournent à leurs occupations avant de s'adresser au fauteur de troubles :

— Ok. Alors écoute-moi bien Azazel, je te lance un défi : je prends l'islam, tu prends le christianisme, et on va voir qui c'est le plus fort.

— Ça marche, mauviette, répondit l'interpelé avec un sourire mauvais. Que le meilleur gagne !

— Heu les gars, dit Raphaël, si ça vous dérange pas, je vais vous laisser avec votre guerre de religion, je préfère m'amuser un peu avec les scientifiques. Je pourrais leur montrer d'impossibles objets volants ou tracer des dessins géométriques dans les champs de maïs…

Gabriel insista auprès de Raphaël pour qu'ils échangent de place, afin que son concurrent ne puisse pas l'espionner. Chacun sortit un cumulus vierge de sa pochette, le posa sur la table et reprit son travail.

Les dessins de Raphaël bouleversèrent peu à peu la connaissance que les hommes avaient du monde, même si certains de ses interlocuteurs finirent sur un bûcher… C'était fou ce qu'on pouvait leur faire comprendre avec une pomme qui tombe ou une lunette astronomique !

Pendant ce temps, les manifestations magiques de Gabriel et Azazel envenimèrent rapidement les tensions qui existaient déjà entre les humains. Voix, visions, apparitions et autres miracles déclenchèrent chasses aux sorcières, lois contre les hérétiques, croisades pour des lopins de terre ou pour l'honneur… Les deux adversaires faisaient fi des dommages collatéraux, même au sein de leur propre groupe religieux.

Le silence plomba progressivement la salle : les autres anges étaient effarés par le duel qui avait lieu sous leurs yeux par humains interposés. Raphaël se désintéressa de ses scientifiques pour tenter de raisonner Gabriel, de lui dire d'abandonner cette folie, mais en vain. Il ne reconnaissait plus son ami…

Azazel multipliait les manœuvres pour attiser la haine des catholiques contre l'islam. Cela fonctionna particulièrement bien avec certains habitants d'Allemagne, sauf qu'ils se trompèrent de cible et s'en prirent aux Juifs. C'est donc par inadvertance que l'ange déclencha la Seconde Guerre mondiale. Mais pour les spectateurs présents, c'en fut trop : la plupart quittèrent les lieux en clamant que cette barbarie était inacceptable. On devait le respect à ces petits êtres dotés d'une âme, il ne s'agissait pas de jouets !

Mais les duellistes ne se démontèrent pas pour autant et redoublèrent d'ingéniosité pour manipuler leurs sujets les plus extrémistes, au détriment de tous. Gabriel envoya des avions sur des tours d'Azazel qui riposta en expédiant des troupes chez son adversaire pour s'emparer d'une ressource stratégique : le pétrole.

Depuis quelque temps, Azazel s'amusait régulièrement à inspirer des caricaturistes à travers le monde. Ceux-ci, entre autres choses, tournaient en dérision l'islam et le barbu de la grotte. Cela avait le don d'agacer Gabriel qui décida d'envoyer des fous armés de kalachnikovs contre les plus facétieux et les plus engagés d'entre eux.

— Quoi, tu t'en es pris à mes dessinateurs fétiches ? s'emporta Azazel. Mais ils étaient neutres, crétin ! Ils faisaient pencher la balance en faveur de la raison plutôt que de la superstition en se payant la tête de tout le monde, y compris celle des chrétiens. Même les bouddhistes y avaient le droit… Dis-moi Gabriel, tu connais la bombe atomique et les armes bactériologiques ?

— Oui, oui, t'inquiète, répondit l'ange sans lever le nez de son nuage. Je suis en train de te préparer une fournée de microbes et d'autres avions pour tes centrales nucléaires !

— Quoi ? Sûrement pas, c'est moi qui vais tirer le premier !

Et chacun poursuivit ses dessins avec frénésie. Les plumes dansaient sur les cumulus. Ils levèrent les doigts en même temps, prêts à les claquer. Les sourcils froncés, ils se défièrent d'un ultime regard où brillait la détermination…

— STOP !!! fit un grand barbu en pénétrant dans la salle. Mais qu'est-ce que c'est que ce bordel ? Gabriel, Azazel, je m'absente trente minutes le temps de la récréation et des élèves viennent me dire que l'humanité est exsangue ! Je me trompais en pensant pouvoir vous laisser seuls dans la classe avec le terrarium… Vous me décevez.

— Mais Monsieur, commença Gabriel. C'est Azazel qui…

— Ça suffit ! Je ne veux rien entendre. Vos agissements sont inexcusables.

Il s'approcha du moniteur sur son bureau pour consulter quelques variables et écarquilla les yeux.

— Non mais ça va pas, les garçons ! Comment avez-vous pu faire preuve d'une telle cruauté ? C'est bien loin de la bienveillance qu'on vous enseigne ici pour devenir archanges… Vous voulez finir déchus, ma parole ? Filez dans le bureau du Grand Esprit et expliquez-lui tout ce cirque. Je doute que ça enchante vos parents.

La tête basse, les deux élèves passèrent devant le maître et quittèrent la classe. Les autres écoliers qui attendaient dans le couloir entrèrent en silence pour regagner leurs places. L'enseignant balaya la salle du regard, il ne décolérait pas.

— Et tous autant que vous êtes, je suis surpris que vous n'ayez pas essayé d'arrêter vos camarades avec plus de vigueur ! « Celui qui laisse faire est à moitié responsable. » C'est surtout valable pour toi Raphaël, tu étais juste à côté d'eux.

Les petits anges se regardèrent les uns les autres, penauds.

— J'espère que vous méditerez sur ces évènements et sur l'usage de vos pouvoirs. Maintenant, à vos plumes, nous allons continuer le cours sur l'influence des religions sur la géopolitique humaine. Opérateur, veuillez projeter une carte de la Terre, s'il vous plaît.

FIN

Un mot de l'auteur

J'espère sincèrement que ce recueil de nouvelles vous a plu, car je donne mon maximum pour vous livrer des histoires de qualité !

Que vous ayez aimé cette lecture ou non, je vous serais très reconnaissant si vous preniez une minute supplémentaire pour laisser un avis sur le site d'Amazon. En effet, en plus de me faire connaître votre avis, vous m'aiderez à gagner en visibilité sur Internet et permettrez aux autres lecteurs de déterminer si ce texte peut leur convenir.

Les commentaires des internautes sont cruciaux pour les auteurs, mais c'est encore plus prégnant pour les indépendants comme moi.

Alors, merci d'avance pour le geste !

Pour mémoire, voici le lien de ma page d'auteur sur Amazon. Ainsi, vous retrouverez facilement ce livre :
- amazon.fr/Jérémie-Lebrunet/e/B00D8B68CC/
- ou le lien court : goo.gl/ab3FBp

Je me permets aussi de vous indiquer mes supports internet afin que vous puissiez facilement suivre mes activités et rester informé de mes futures publications :

- **Mon blog** : destination-futur.fr. Vous pouvez vous abonner à ma newsletter.
- **Facebook** facebook.com/destinationfutur
- **Twitter** @JeremieLebrunet
- des textes gratuits sont sur mon blog à la rubrique **Mes écrits** ou sur le site **Wattpad** wattpad.com/user/JeremieLebrunet (lien court : goo.gl/NAeqUq).

Vous pouvez aussi vous rendre sur mon blog en flashant ce code :

À bientôt, j'espère !
Jérémie

Bibliographie

Vous pouvez découvrir mes autres textes en différents endroits du web. Des extraits sont téléchargeables gratuitement.

- **Amazon**
- **Kobo**
- **la Fnac**
- **iTunes**
- **Google Play**
- **ma boutique personnelle** : editions-destination-futur.fr
- des textes gratuits sont **sur mon blog** et sur le site **Wattpad** wattpad.com/user/JeremieLebrunet (lien court : goo.gl/NAeqUq).

Un Fils inattendu et autres nouvelles de science-fiction et fantasy, autoédition, 2017

[recueil de dix nouvelles de science-fiction et fantasy, 52 000 mots, 3 h 30 de lecture environ]

Un robot qui joue à l'apprenti sorcier en créant des formes de vie intelligentes. Deux personnages qui cherchent à se venger, l'un d'un milliardaire cloné possédant deux corps, l'autre d'une banque aux méthodes infâmes. Des angelots qui jouent avec de l'encre magique, au détriment des mortels. Un sorcier du XIIe siècle à la recherche d'un mystérieux cube d'ambre. Un homme qui se fait réveiller dans une chambre inconnue par une domestique qui lui parle en allemand. Une émission de télé-réalité qui n'a plus guère de morale quand il s'agit de faire de l'audimat (mais en ont-elles jamais eu ?)…

FianZailles, publication gratuite par Walrus Books sur Wattpad, 2015

[nouvelle de SF-horreur, 9 000 mots, 40 minutes]

Vous connaissez *Toxic*, la fameuse série littéraire de Stéphane Desienne : 33 % humain, 33 % zombie, 33 % alien = 100 % Apocalypse ! Moi, j'ai adoré.

Eh bien, son éditeur, Walrus Books, a lancé un appel à textes pour des nouvelles se déroulant dans cet univers. C'est mon texte, *FianZailles*, qui a été sélectionné ! Ils l'ont publié sur leur compte Wattpad : walrusbooks en un mot.

Retrouvez sur mon blog un article dévoilant le processus de création de ce texte (tapez simplement FianZailles dans le champ de recherche du site).

Le Chromort, autoédition gratuite sur mon blog et sur Wattpad, 2015

[fanfiction du roman de fantasy ***La Horde du contrevent*** d'Alain Damasio, 5 000 mots, 20 minutes]

La Horde arrive *incognito* dans un petit village, construit à l'abri derrière un énorme rocher. Des festivités battent leur plein autour d'un grand feu, lorsqu'un saltimbanque réclame le silence et entame un conte pour le moins surprenant… Qui est-il et comment savait-il que les Hordiers allaient faire étape ici ?

Je vous convie à (re)découvrir les personnages qui ont fait le succès de l'œuvre d'Alain Damasio, dans une rencontre qui s'avèrera capitale pour la suite de leur quête. Cette histoire se déroule AVANT le roman et ne contient aucun spoiler.

Comment formater et typographier vos livres : pour démarcher des éditeurs ou s'autoéditer*, autoédition, 2016

[guide pratique spécial auteurs, 186 pages dans sa version papier]

Vous êtes un auteur sur le point de rédiger un livre, d'envoyer votre manuscrit à des éditeurs, ou alors de vous autoéditer en numérique et en papier ?

Mais vous vous demandez peut-être comment mettre en page votre fichier : les titres et les sous-titres, les marges, le retrait de la première ligne des paragraphes, les en-têtes, la numérotation des pages, le sommaire, les sauts de section… Quelles pages mettre au début du livre, quelles pages mettre à la fin…

Vous vous posez sans doute certaines questions parmi celles-ci :

- Comment mettre en forme mes dialogues ?
- Faut-il mettre les pensées entre guillemets ou en italique ?
- Dois-je écrire les nombres en chiffres ou en toutes lettres ?
- Et que sont ces fameuses espaces insécables et où en mettre ?
- … la liste est longue.

Je suis moi aussi passé par ces interrogations avant d'autoéditer mes premières nouvelles et j'ai longuement fouillé le web à la recherche des réponses.

Dans cet ouvrage, je vais partager avec vous les principaux conseils qui vous permettront de conférer à votre livre un aspect professionnel, que ce soit pour l'envoyer à un éditeur ou pour le présenter directement à vos lecteurs si vous choisissez le chemin de l'autoédition.

Dans ce guide spécial auteurs, vous trouverez :
- des explications claires ;
- des exemples pour les illustrer ;
- des conseils pour paramétrer votre logiciel (spécial Word et OpenOffice Writer) ;
- des tutoriels de corrections clé en main si votre livre est déjà écrit (là aussi, spécifiques pour Word et Writer).

Le résultat de longues heures de travail... À l'époque où j'ai commencé à m'autoéditer, j'aurais bien aimé bénéficier de tous ces conseils ! Cela m'aurait fait gagner un temps précieux.

Je ne vous apprendrai rien en affirmant que la première impression est importante. Avec ces conseils, la forme ne sera plus un obstacle pour que vos lecteurs aient accès au fond. Mieux : la qualité de la présentation sera au service de votre contenu, pour la plus grande satisfaction de votre lectorat.

Après la lecture de ce guide, vous saurez comment présenter votre livre pour être perçu d'emblée comme un auteur professionnel !

À paraître...

Le Dernier compagnon

[roman court de science-fiction]

Thomas est vendeur dans un magasin de hifi, en attendant de lancer sa propre entreprise d'informatique. Un jour où il s'est encore disputé avec son chef de rayon, ce dernier l'enferme injustement dans un local à poubelles. Les heures passent, mais personne ne vient lui ouvrir. Thomas finit par fracturer la porte de sa prison et s'échappe dans la rue.

Une rue totalement déserte, comme le reste du quartier. À croire que tout le monde a disparu ou qu'il est la cible d'un gigantesque canular... La seule personne que Thomas rencontre est un adolescent handicapé mental plutôt turbulent.

La Balade du détecteur

[roman de science-fiction, uchronie]

Passionné d'histoire, Marc a travaillé tout l'été comme guide au château de la Duchesse Anne, dans la vieille ville de Saint-Malo. Le jour de l'équinoxe de septembre, le jeune homme va arpenter la plage avec son détecteur à métaux, à la recherche d'objets perdus par les touristes.

Après avoir traversé une nappe de brume particulièrement épaisse, il découvre dans le sable un sabre de corsaire en parfait état. Pas une trace de rouille, comme si l'arme venait d'être forgée !

En remontant de la grève vers la vieille ville, Marc s'aperçoit avec stupeur que les remparts n'ont pas leur aspect habituel : ils ressemblent en tout point aux murailles détruites pendant la Seconde Guerre mondiale...

Remerciements

Je remercie ma compagne pour son enthousiasme et la pertinence de ses conseils.

Je remercie Jérémie Babin pour son amitié et les opportunités qu'il m'a offertes.

Mentions légales

Ce livre est protégé par les lois en vigueur sur les droits d'auteur et la propriété intellectuelle. Toute reproduction, diffusion ou modification, partielle ou totale, de cet ouvrage par quelque procédé que ce soit, connu (photocopie, photographie, fichier informatique, etc.) ou à venir, est strictement interdite sans l'accord écrit et préalable de son auteur, Jérémie Lebrunet. Cela constituerait une contrefaçon sanctionnée par les articles L335-2 et suivants du Code de la propriété intellectuelle.

Crédits photos : les photographies de couverture ont été prises par NASA Goddard Photo and Video (la planète vue de l'espace) et Jeremy Bronson (les roues dentées), puis modifiées par Jérémie Lebrunet.

Droits d'auteur © Jérémie Lebrunet 2017

Ce texte fait l'objet d'un copyright (n° 00051990-2) et est édité par Jérémie Lebrunet, 272C rue de Fougères, 35700 Rennes, France.

ISBN 979-10-92703-33-7 (PDF)
ISBN 979-10-92703-34-4 (EPUB)
ISBN 979-10-92703-35-1 (MOBI)
ISBN 979-10-92703-36-8 (PAPIER)
E-mail : contact@destination-futur.fr
Site internet : http://www.destination-futur.fr

Imprimé par CreateSpace
Impression à la demande
Dépôt légal : 25 février 2017